昭和の少年

絶滅危惧種

酒井 克

まつやま書房

まえがき

今年〝兄さん〟が亡くなった。八十七歳だった。我が家は二代続けて、五十八歳だったので、兄がこの歳まで生きてこられたのは嬉しかった。

これで僕も「先が見えたな」と思った。兄はこの一年口数が減り、無駄なことは喋らなくなった。ところが、亡くなる日は朝から饒舌になり、家族も驚いていた。

それを聞いて、ロウソクが消えるとき、ポッと明るく燃え上がることを思い出し、ロウソクの炎に似ていると思った。

妻に言わせると、今の僕は燃え尽きる時のような状態らしい。もう二〜三年続くのだが、「最近のあなたは〝ハイ〟なのよね。人と会うと饒舌になる」と言う。

「いよいよ燃え尽き状態かな」と思った途端、「せっかく若い頃から溜め込んだ記録を灰にしてしまうのは惜しい、形に残そう」と思った。

「自分史も　満足するのは　自分だけ（自作川柳）」

で終わらさず、独自の経験をプラスして書き著したい。

僕が四十歳になったとき、〝自然観察かるた〟を出版した。それを見た小学校一年の担任が

「〝かっちゃん〟は今でも、あの時の純粋さと、曇りのない目を持っているのね」と感動し懐かしがってくれた。僕はそれを思い出し、「少年の日」の記憶を中心にまとめた。

少年時代（幼年期）
少年時代（小学校低学年）
少年時代（小学校中学年）
少年時代（小学校高学年）
少年時代（中学生時代）
少年時代（高校・大学生時代）
少年時代（教え子は少年）
少年時代（孫は少年）

このような時代区分としたのは、僕の心がいくつになっても、曇りのない目を持った〝少年時代〟を過ごしているからである。

本の題を「絶滅危惧種・昭和の少年」とした理由も述べよう。〝昭和の少年〟とは下記の条件を満たしていることであって、単に１９２６年から１９８９年の〝昭和時代に生まれた〟だ

小学校一年生頃の著者

けでは、この格調高き資格が得られない。詳しく定義する。
1　年齢にかかわらず〝少年の心〟を持ち続けていること
2　田舎で生まれ、田舎で育ち、幼稚園や保育園には行かず、朝から晩まで野山で遊び続けた少年であること
3　遊びに出かける時は必ず〝かくし〟（ポケット）に肥後守（ひごのかみ）という〝折りたたみ式ナイフ〟を入れて遊んだ少年であること
4　ランニングシャツ（あるいは上半身裸）にダブダブの半ズボン、麦わら帽子をかぶった少年（バカボンのお父さんの感じ）であること
5　エビガニや魚釣りの竿、またはクモの巣で作ったセミ取りの篠を担いだ少年であること

さて〝絶滅危惧種〟であるが、上記の少年たちは現在、その数を減らしつつある。さらに、近い将来絶滅する運命にある。三十年後は日本から消える。すなわち現在、〝絶滅危惧種〟と言えるのである。

今後、僕たちがした遊びを新たに作ったり、伝えたり出来る人は日本には生まれることはない。僕はこのような少年がいたことを後世に伝えられる最後の少年になるだろう。

絶滅危惧種　昭和の少年◎目　次

3 少年時代（小学校中学年）……57

4 少年時代（小学校高学年）……99

8　少年時代（孫は少年）……237

1．少年時代（幼年期）

ネコ

僕が少年だった頃、どの家もネコを飼っていた。イヌはあまりいなかった。のどかな農村地帯だったので、日中知らない人が通ると農作業をしている人々は見知らぬ人に注視した。必然的に盗難の心配がない農村地帯では玄関に施錠する習慣はなかった。だからイヌなど飼う必要もなかった。

しかし、ネズミは時と所を選ばず穀物を狙った。コメが一番被害を受ける。里芋、サツマイモ、トウモロコシなどの穀物がやられた。夜になると天井裏を走り回って、襖の上にチョロチョロ出て来るのには閉口した。

それを退治するのがネコの役目であった。ネコも自分の役割を知っていて、捕まえると家族の前にくわえて来た。家族は褒め称えた。するとまた捕まえてくる。褒めることの大切さはネコを通して知った。

三歳の少年（僕）はイヌが欲しかった。何度もお母さんにねだったに違いない。母にしてみれば、必要のないイヌを飼ったところで面倒は見られない。

「イヌ」になるネコを抱いた少年

そこで母は考えた。「ネコが大きくなればイヌになるんだから、もう少し我慢しなさい」。純真な少年はその言葉をすっかり信じた。近所の人がそれを知って少年をからかった。「かっちゃん、イヌをあげようか」会う人ごとに同じ声をかけられた。少年は同じ言葉を返した。「僕のうちのネコは大きくなればイヌになるからいらないよ」。

あれから七十年近い歳月が流れた。僕は古希を過ぎた爺さんになった。それでも、当時のエピソードを知っている人は、今の僕をからかう。「そんな非科学的なことを言っていた少年が、科学を教えるなんて信じられないよなあ」。

息子が5歳11ヶ月のときの伯母（十九歳年上の姉）との会話にも、当時の僕が登場する。息子「おばちゃんちのキンカン食べられる?」。伯母「ううん、おばちゃんちのキンカンは取らないでおけば、大きくなってミカンになるから、その時食べるんだ」。息子「お父さんも馬鹿だと思ったら、おばちゃんも馬鹿だな」。
姉も当時のことを覚えていて、僕の子供をからかったのである。

乳房

僕が少年だった頃、小学校低学年まではその日の気分で父や母、兄と寝ていた（記憶にあるのは父だけ）。父はチクワを半分に裂いたような形の木の枕で寝ていた。小さい僕は木の枕が痛かった。「よくこんな堅いものを枕に出来るな」と思っていた。

父と寝れば武将の話をしてくれるので嬉しいのだが、何しろ掛け布団の襟元が臭いのには閉口した。タバコを吸っていたからであった。今日のように毒だとは思わなかったが、結果的に祖父も父も五十八歳で脳出血死した。タバコが悪い結果をもたらしたのは間違いない。

兄たちの証言では「僕は小学生になるまで母の乳を吸っていた」かなりの長期間、母に抱かれて乳を吸いながら寝ていたのは間違いない。

農繁期の母は忙しい。僕は一人、畦などで遊んでいた。寂しくて「休もう、休もう」とせがんだという。皆が関わってくれるのは休憩時間だけだったからである。

忙しい母は、支度もそこそこに、とりあえず僕を抱き乳房を出すと、僕は「服装をちゃんとしてから乳をくれ」とせがんだ（兄たちの一致した証言）らしい。母が乳をくれる服装に気を配れる歳まで飲んでいたと言える。

小学校に入学してからも母への〝ひっつき虫〟状態は変わらなかった。兄たちから「一緒に寝よう」と言う言葉に乗せられて「今夜は○○兄ちゃん」と指名して寝たらしい。まどろみ始めると兄たちの胸元を探った。乳がないのに気づくと泣き出しては母親のもとに戻った。これも兄たちの一致した証言である。

この話は作り話ではなく、いくつになっても、少年時代の出来事を〝ダシ〟にからかわれた。キーワードは〝ネコ〟と〝乳房〟である。

名医

僕が少年だった頃、医者の世話になることが多かった。その殆どが内科医と眼科医だった。僕は昔から〝おだてりゃ豚〟よろしく、直ぐ木に登ってしまう。小さい頃から、家の手伝いを頑張りすぎて熱を出すことがしばしばあった。

あれは麦刈りだった。荷車に麦を積み家に運ぶのだが、土手の坂は勿論、昔の野道では荷車のタイヤが溝にハマったり、石にぶつかったりと家まで運ぶのは難儀であった。そんな時、夢中になり過ぎて、次の日は発熱したのである。

あの時は本当に熱が高かったのだろう。僕はうなされて、夢の中で身体がグルグルと、うずに巻き込まれ回転するようだった。回転しながら〝ブラックホール〟に吸い込まれてしまうように感じた。

それでもなんとか生きてこられた。かかりつけの内科医は〝小沢医者〟。その医者の評判は極めて悪かったが、父は絶大な信頼を寄せていた。軽い症状では、僕を自転車の荷台に乗せて連れて行った。

その医者は薬を処方せず、断食をさせたのである。だから、人は彼をヤブ医者と言い〝断食ダンちゃん〟と悪口を言った。多くの人は、すぐに薬を出す内科医を〝名医〟と評価していた。

ところが父は「少しくらいなら、断食が一番の薬だ。断食こそ人間の生命力を呼び覚ます」と後に引かず、その医者にかかり続けた。

六十年経って、いろいろな知識を得た今日、命に差し障りの無い限り〝断食は有効〟と思うようになった。現在、赤ちゃんを産んだ妊産婦に「それ食え、やれ食え」と多くの人は勧める。それは人情である。

しかし、産んだら直ぐ食べさせるのではなく、お粥を食べさせて体の細胞を〝飢餓状態〟に追い込むことが必要らしい。こうすると人間の細胞は数万年かけて、氷河期や飢えを乗り越える中で得た〝生命力〟を蘇らせるという。

昔、母はお産のすぐ後は栄養豊富なものを口にせずに、お粥で済ましたという。「こうすると良く乳が出た」と話していた。母は病気らしい病気もせず十人の子を育てた。

母も父の頑固さには手を焼いていたらしいが、この説には賛同していたようだ。

母への疑問

僕が少年だった頃、母に投げかけた疑問で覚えていることが二つある。

一つ目は指の付き方「お母さん、指の骨って人差し指も、中指も、薬指も、小指も曲がるところが二つずつあるのに、どうして親指だけは一つしかないの？」

母の答えは適切だった。「指の曲がるところ（関節）は皆二つずつあるんだよ。だけど、親指だけは下の方についていていて、曲がるところが隠れてしまっているんだよ。でも、こうすると少し曲がるでしょう？」

「ああ、だから一つしかないように見えるんだ」。これは今でも覚えている母との最初の会話であった。

二つ目は定番「おかあさん、赤ちゃんはどこから生まれてくるの？」。答えも定番「お母さんのお腹を切って出てきたんだよ」。僕は「フーン」と言ったが、それで僕の疑問は収まらなかった。

「お母さん、お腹のどこを切ったの？」。なぜなら、お母さんは子供を何人も産んでいたからであった。質問は更に続いた。「それじゃあ、お母さんのお腹は傷跡がいっぱいあるはずなのに、なぜ一つもないの？」。お母さんはこの質問に答えあぐねていた。でも僕はそれ以上聞いた覚えがない。納得をしないまま、その疑問は記憶から消えた。

源義経

僕が少年だった頃、父は寝るとき〝語り聞かせ〟をしてくれた。読み聞かせではない。本を読むのではなく、語って聞かせながら寝かしつける方法である。一番印象に残っているのは一連の〝源義経〟物語である。

まず、常磐御前に抱かれ、雪の山道を急ぐ場面から始まる。鞍馬山での天狗との修行。続いて兵を立ち上げ、初戦の富士川での合戦。アシの河原を互いに近づく兵同士、不穏な気配に気づいたカモがバサバサと飛び立つ。平氏側は源氏の急襲と思い込み、浮足立って逃げ出した。つまずきの始まりであった。

以後、源氏の勢いは止まらなかった。〝一の谷の合戦〟では赤い馬と白い馬を崖から突き落とした。赤は死んでしまったが、白は立ち上がったと言う（きっと、赤い馬は元気のない馬を使ったのだろう）。これは義経の士気の上げ方が巧みなところ。

続いて、畠山重忠が急坂で馬を背負って降りたという話、熊谷次郎直実が泣く泣く平敦盛を討ったという話も少年の心を揺すった。

屋島へ逃げた平家が船に立てた棒の先に扇をつけて、源氏を挑発。それを射た那須与一の話が記憶に新しい（先日、ゴルフの練習に行った時、当たり損ねたボールが、たなびく旗の付け根に当たり、赤旗が舞い落ちた。僕は思わず「ヨッ！　那須与一！」と叫んでしまった）。

一番印象に残っているのが壇ノ浦の合戦である。平家に取り囲まれた義経は〝九艘（そう）跳び〟で逃げた。おや？と思われるかも知れないが、これは父親のこだわり、どう言われても九艘飛びを譲らなかった。それを聞きながら母は〝八艘跳び〟を主張した「世の中の誰が九艘と言うか」と。

追い詰められた平家、建礼門院徳子は幼い安徳天皇を抱いて入水した場面では子供心にも目頭が熱くなった。

定年退職してから、鞍馬山、一の谷、屋島、壇ノ浦などの戦跡を回り、こだわりの父の〝語り聞かせ〟を思い出してみた。

もう一つ思い出すのは新田義貞である。七里ガ浜にある稲村ヶ崎は狭くて大軍が通れない。そこで義貞は自分の〝宝刀〟を海に投げ入れた。すると海水は引き、敵軍の陣地を急襲できたという逸話である。潮の干満の原理を知っていればなんでもない話だが、知識のなかった武士たちを鼓舞するには十分な手段である。小学六年生の修学旅行は鎌倉だったが、僕はその時、父を思い出していた。後年〝潮の満ち干〟の授業で父の語り聞かせを活用した。

戦争の傷跡

僕が少年だった頃、生家から百メートル北に、ゼロ戦の墜落跡が残っていた。激しい空中戦が上空の低い所で行われた。兄たちはとても怖かったそうだ。戦闘機が墜落したとき、激しい火の玉が周辺に飛び散ったという。

兄たちはアメリカが落ちた事を想定して、竹槍を持って集まったが、落ちたのは日本の飛行機で、操縦士は脱出できずに戦闘機と共に落ち、戦死したとのことだった。

昭和二十五年に機体を掘り出すために深い穴が掘られた。掘り出された物は誰かが持ち去ったと言う。なぜ昭和二十五年なのか聞いたところ、朝鮮戦争でジュラルミンが高く売れたからだと言う。

ということは、僕は四歳のときの事を覚えていたのだ。兄たちに連れられて、機体が掘り出されるのを見に行った記憶がある。

母の教え

僕が少年だった頃、母には口癖があった。

一つは『天知る、地知る、我が知る』「自分がした悪いことはどんなに隠そうとお天道さまは知っている。天が気づかなくても大地が知っている」。母がそこまで言った時、僕は言い返した。「周りを囲まれた部屋に入れば見られないよ」。続けて母は言った。「天や大地から見えないところでも、自分のしたことは心が知っている」。

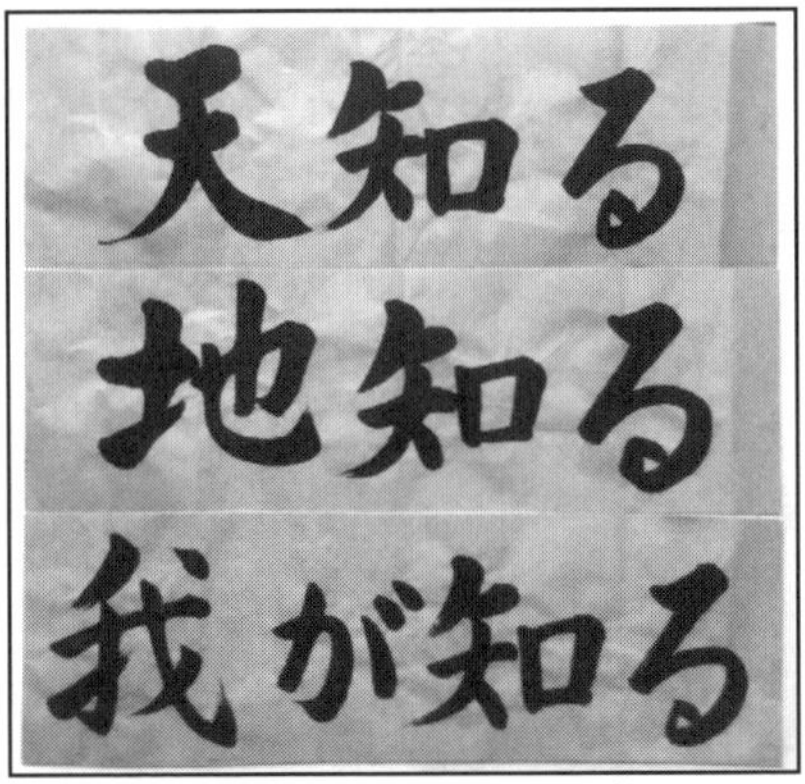

全校朝会で活用した言葉

今、思えば「天網恢恢、疎にして漏らさず」。この格言を知ったのは五十歳頃のことであった。

二つ目は『人を呪わば穴二つ』「他人を呪うとすれば、自分もその報いで殺されるから、葬る穴は2つ必要なことになる」という意味である。今日では自分が死にたいから、勝手に人を殺める事件が起きている（この格言には疑問符が付けられる）。本来の意味をしっかり掴んで生きたいと思う。

三つ目はお盆の話である。母はお盆になると必ずカボチャと糸昆布の煮物を作ってくれた。帰ってきてくれた仏様にお供えをするためである。仏様は殺生を好まないのでお盆の期間中（三日間）は決して、お供えに生《なま》ものを上げない。我が家は仏の教えを守り、ご先祖様がお見えになっている間は精進料理にしていたのである。

ところが最近の風潮は「エッ？　お盆の最中に？」なのである。スーパーはもちろん、レストランも寿司屋も「お盆、特別販売」で肉、魚など〝殺生を勧める〟。多くの人は仏教徒「せめて三日間くらいはカボチャと糸昆布を食前に並べ、故人を偲ぶ日にしたら良いのに」と思う。

イスラム教徒の断食ほどではなくても、物があふれる時代だからこそ「食について考える日」は必要と思う。もちろん妻は僕の母の教えを守って四十三年、毎年カボチャと糸昆布の煮物を作る。彼女は結構、殊勝なのである。

四つ目は欲の話である。昔、金運を叶えてくれる神社があった。百円奉納すると、翌朝は倍の二百円になっていた。千円すると二千円になっていた。その話を聞いた欲張りな男は百万円奉納した。倍の二百万円を期待したのだ。

ところが、朝行ってみると一銭も置いてなかった。全額騙し取られたのである。母は「世の中にうまい話はない」ということを言いたかったのだ。これと似た手口の犯罪が多い。いくら騙されてもまた別の人が騙される。母はこの話を何度となく話してくれた。いつの時代も人間の欲を利用した犯罪は減らない。

五つ目は「年寄りを大切に」。昔ある所に、貧乏な親子がいた。殿様は役に立たなくなった年寄りは山に捨てるよう命令を出していた。若者は「とてもそんな無情なことは出来ない」と隠したのである。

ところが、隣国から無理難題が出され、答えられないと、国は取り潰しにすると言われる。その問題とは①両端が同じ太さの丸太の上下を見分けること。②灰で縄をなって献上すること。③中にくねくねした細い穴に糸を通すこと。

殿様は国中に御触れを出し知恵を募った。若者は隠していた年寄りに聞いた。①その丸太を水に浮かべなさい。根元が沈むので、それで上下を見分けることができる。②縄をなって、塩水につけておき、乾いた縄を燃やせば形が崩れず、縄のまま残る。③小さなアリの足に蜘蛛の糸を結びつけ、反対側に蜜をつけておけば細い穴を通り抜けられる。

こうして、この国は難局を切り抜けることが出来た。殿様は若者の願いを「何でも叶えてやる」と約束をした。若者は「年寄りを守ってほしい」と願い出た。殿様は年寄りを山に捨てさせることを撤回した。

六つ目は『お金にまつわる話』である。当時（昭和二十年代）はどの家も貧しかった。金さえあれば「何でも手に入り、夢の実現も楽な暮らしもできる」と思っていた。バイクはおろか自転車さえも自由に手に入らなかった時代である。そんな中、アメリカでは一家に二台も三台も車があるという。

夜店が数軒しか出ない鎮守様の祭では、親の懐を考えながらおもちゃを買ってもらったのを覚えている。そんな時の母の教えは決まっていた。「お金というものはあり過ぎてもよくないんだよ。

アメリカには大金持がいて、欲しいものはなんでも手に入れ、したいことは何でもできた。結果、その人は生きる希望を失って、自殺しちゃった」母から何度も聞かされた話である。あれから六十年、お金も欲しい。したいこともたくさんある。

改めて「大金持ちではなくて、よかった」。

七つ目の教え「お正月は仕事をしてはいけない。この日は必ず休むこと。掃除も洗濯も

祖母、父、母と軍国少年・少女の兄姉たち
昭和 15 年撮影、僕はこの６年後に生まれる。
全員が僕の知恵袋であった。

してはいけない。お正月に働いていると一生働き続ける癖がついて休めない人間になってしまう」。
今日、夜通し店を開くコンビニや休まないスーパー、電気店を見るにつけ「お正月は休め」の教えは日本国民への警告とも取れる。

2. 少年時代

（小学校低学年）

職場見学

僕が少年だった頃、それは小学校の一年生のときだった。僕のお父さんは垣根で隔てられた隣りの中学校に勤めていた。あまりに近かったので集金の忘れ物をした時、担任の先生に言ってお金を貰いに行った。先生も「一度くらいは良いだろう」と許可してくれたのかも知れない。

小学校一年生

中学校の校舎は小学校の校舎と十数メートルしか離れていないので、数分で行って来られる。行く時は軽い気分だった。並んで座っていたユキオちゃんもお金を忘れ、一緒に出かけた。自分の学校の職員室さえ入ったことはないのに、中学校の職員室に入るのは、今思えば大胆だった。

二人で「お父さんのところへ、お金を貰いに来た」と告げると、中学の先生が案内してくれた。職員室に入るとユキオちゃんのお父さんはすぐ見つかった。ところが僕のお父さんだけいなかった。辺りを見回したが見つからず不安は増した。

すると先生が「君のお父さんは違う部屋にいるよ」と説明して、連れて行ってくれた。お父さんに会えたとき、ホッとした。お父さんは校長だったので職員室にはいなかったのである。

あれから六十四年、その場でどんな会話が交わされたかは覚えていない。覚えているのは泣きたいような不安から解き放されて、ホッとした気持ちだけだった。その時、僕のお父さんは五十五歳、ユキオちゃんのお父さんは三十五歳くらい。

遠い昔の職場見学であった。

学芸会

僕が少年だった頃、小学校には学年末、恒例の行事があった。体育館はなかったので、教室の境の戸を外して、大部屋にした。今では考えられないことだ。テレビを見たこともない僕たちはそれが楽しみだった。六十年たった今でも記憶に残る行事だった。

僕達一年生の出し物は「ちんから峠」。

（曲がわからない人は、ユーチューブ動画で見てください）

「**ちんから峠**」　細川雄太郎作詞（昭和十四年）

♪ちんからホイ　ちんからホイ　ちんから峠は　お馬でホイ
やさしいお目々で　ちんからホイホイ　ちんからホイ
お鈴を鳴らして　通ります　はる風　そよ風　うれしいな

なぜ、この歌をはっきり覚えているのか。それはユキオちゃんと僕は煽てられて、我が家のムクの木の下で踊ったからである。

最初は恥ずかしがって踊らなかったので、十五歳上の姉がちょっとその場を外し、知らないふりをして、トイレの小さな窓から見つめていたのである。僕は今でも踊ることが出来る。妻はそれを見て笑う。六十四年前のあどけない少年二人であった。

自分が六年生の時の劇の内容は「クラスで揉め事が起こって、取っ組み合いをする。最後は仲直りをして、僕が野球帽を天に向かって投げる。夕日が赤く西の空を染めていた」というものであった。

何よりも記憶に残っているのは、二年生のとき、隣の家の〝ドモちゃん（最上級生の女子）〟の踊りであった。数人が菅笠、蓑、絣のモンペを履き、足には地下足袋、手には鍬を持って踊る〝お百姓さん〟という踊りであった。

この歌は終戦直後食糧増産のために、ＮＨＫが「農村に送る夕べ」という番組のテーマソングに使った歌だという。曲に合わせて振り付けをすれば当時の様子が浮かぶ。

（この曲もユーチューブ動画でどうぞ）

「お百姓さん」作詞：竹内俊子

♪蓑《みの》着て　笠着て　鍬《くわ》持って
お百姓さん　ご苦労さん　（二・三番はこの二行を繰り返す）
一　今年も豊年満作で
お米がたくさん　取れるよう
朝から晩まで　お働き
二　お米も　お芋も　大根も
日本国中《にっぽんこくじゅう》余るほど
芽を出せ実れと　お働き
三　貴方《あなた》のつくった　米食べて
日本《にほん》の子供は力持ち
誰にも負けない　力持ち

小学校一年生のときに画いた絵

この歌詞から、戦時中のきな臭い匂いも残るが、僕は七十過ぎた今でも踊ることが出来る。貧しい中にものどかな農村の小学校生活が偲ばれる。

遠足

僕が少年だった頃、遠足は文字通りの遠足だった。最近は学校までバスが来て、目的地に行く。実際はバス旅行なのに、なぜ遠足なのか。交通事情で道を歩けないからか。雨が降ったときのことを考えたのか。今も納得がいかない。

僕の時は一年生：八丁湖（片道四キロ）、二年生：勝願寺（片道六キロ）、三・四年生：大宮公園（駅まで片道六キロ）、五・六年生：上野動物園（駅まで片道六キロ）、完全なる遠足であった。三年生以上は汽車に乗って大宮へ、五年生からは上野まで行ったが、その前に難関が待っていた。学校まで一キロを歩いた後、東吉見第一小から鴻巣までの六キロを歩くのである。中には歩けなくなって、途中から先生の自転車や、保護者に手伝ってもらう子もいた。自慢じゃないけど僕はもっと楽な方法を使った。

なぜ我が家の両親はそんなことを許したのか、未だに理解できないのだが、僕は大抵遅刻をして、学校まで行かずに兄の自転車の荷台に乗り途中で合流していた。友達に悪口を言われるのは道理であるこれなら、六キロを歩かなくて済む。父は校長、母も規律正しい人なのに、なぜ集合時間に遅れるのだろう。今思うと不思議でならない。六キロも歩くことを考えると、目が覚めなかったのかも知れない。

それには前兆があった。日頃から僕は〝宵っ張りの朝寝坊〟と言われ、夜はいつまでても起きていられるのに、朝は目が覚めないので有名だった。

だから、集団登校の時間には間に合わず、いつも時間ギリギリで登校した。ソフトボールの上手な男子は始業前には練習していた。僕だけは参加したことはなかった。もちろん、下手だった。

そんな訳で、いつも通り集合時刻に間に合わなかっただけなのかも知れない。担任の先生、そして父や母はどう思っていたのだろう。今でも謎は解けない。

学校の責任者になってから一番強調したのが「早寝早起き、朝ご飯」であった。「子供が健康で、成績を伸ばすためには『朝早く起きて、しっかり朝ごはんを食べ』ゆとりを持って登校させることである」と長年指導してきた。

僕の人生で一番『言行不一致』な言葉である。

十日夜（とうかんや）

僕が少年だった頃、昭和二十年代はどんな遊びをして過ごしていたか。今のようにスマホもゲームも習い事も、もちろん塾もなかった。そんな少年たちにもお菓子をもらうための手立てがあった。

一番手っ取り早いのは建てまい（上棟式）でお金や団子をもらうことであった。それを我先に拾い集めて家に持ち帰り、焼いて食べた。

一方〝十日夜（とうかんや）〟という〝遊び〟は単なる遊びではなく、労働を伴った遊びである。「十一月十日」、芋がら鉄砲を持ち、少年たちは近所の農家を回った。訪れた家の周辺を「十日夜、十日夜、十日のぼた餅（もちゃ）生《なま》でもいい」と大声で地面をたたき、大きな音を競い合った。大人は稲刈りや麦蒔き、作物の収穫で忙しかった。

それはモグラを追い出すための〝まじない〟だった。その儀式が終わると、少年たちは労働（遊び）の対価として茶菓をもらったのである。

ハロウィーン？　お面を被って都会を練り歩いたり、相手を脅したりしてお菓子を得るのとは根本的に違う。昔のヨーロッパでは「収穫に感謝し、悪霊を追い払う」という儀式だった。アメリカ人たちは他人の家で「お菓子をくれないと悪戯するぞ！」と叫ぶ。とんでもない国民である。だから大人になっても心に染み付いた習性が、銃による殺人を引き起こす。アメリカ国内での銃による殺人は年間三万人だという。

ハロウィーンを批判すると「遊びだから」とか、「ジョークも分からないのか」と言う馬鹿な日本人がいる。しかし、原住民を銃で追い払い、今日がある国の子孫がすることは冗談ではない。日本人留学生はピストルで撃たれて死んだ。長い間住んでいた人々を銃で追い払ったのは、大昔のことではない。百年ちょっと前のことである。

「悪貨は良貨を駆逐する」の言葉通り、日本の良い習慣「十日夜」はハロウィーンに、「天神講」はクリスマスに駆逐された。

注　芋がら鉄砲：乾燥した里芋の葉柄を芯に入れ、周りを稲わらで包み、縄で強く巻いたもの。

麦わら帽子

僕が少年だった頃、遊びの服装は麦わら帽子にダブダブズボン、ランニングシャツ、または裸姿に要約される。吉田拓郎の歌詞は当時の少年そのままだった。

昭和の少年、兄と二人
この２人は 27 頁の撮影後生まれる

麦わら帽子（吉田拓郎）

麦わら帽子はもう消えた
田んぼの蛙はもう消えた
それでも待ってる夏休み

絵日記つけてた夏休み
花火を買ってた夏休み
指折り待ってた夏休み

僕達が育った村は保育園も幼稚園もなかった。だから毎日、朝から晩まで近所の子供同士で遊んでいた。一番時間をかけたのがエビガニ（正確にはアメリカザリガニ）釣りである。朝、弁当持ちで家を出て、昼食を終えて家に帰ったのが午前十時ということもあった。

最近の子供達はスルメで釣るが、当時、そんなものはなかった。トノサマガエルを捕まえて、地面に叩きつける。するとカエルは痙攣して手足を伸ばし硬直した。その足の指から引き裂き、上半身に向かって皮を剥ぐのである。

僕は気が小さく、いつもトシオちゃんが道に叩きつけてくれた。僕はそこまで友達に頼る意気地なしの少年だった。

皮を剥いだカエルを餌とすると良く釣れた。二時間もするとバケツ一杯になった。家に持って帰ると母がエビガニの尻尾を取って、皮を剥ぎ調理をしてくれた。ちょっと生臭かったけど晩御飯のおかずになった。

近所の用水路はきれいだった。魚釣り(フナ、ハヤ、タナゴ)に飽きると、次は一網打尽の〝けえぼり〟(掻い掘り)を始めた。

この遊びは男が数人集まらないと出来なかった。道具も必要だった。大抵は魚がたくさんいそうな、幅が広く深さがある場所を選んだ。身体の大きな人が堰を作り、両側からバケツで水を掻い出した。疲れると交代した。

この遊びは時間も労力も掛かるため、半日がかりであった。終わってみたら「思ったほどでもなかった」ということもしばしば。獲物は前記の他、ナマズ、ドジョウ、コイなどがおり、手伝った皆で分ける。一人あたりの分け前は多くはなかった。けれど達成感は大きかった。

兄さんが活躍した昭和の初期は大物がいた。その話は何度も聞かされたが、捕ったナマズがあまりにも大きく、体が震えたそうである。僕達の頃はせいぜい二十センチ程度であった。

小学校の高学年になると落ち穂拾いもした。ミレーの絵に共感できるのも小学時代の体験からきている。秋になると、イナゴ取り、小さな布の袋を作ってもらい、イナゴの習性を利用し、素手で捕って袋に詰めた。イナゴは大きな足をもぎ取り、佃煮や油で揚げて食べた。

稲を刈った田んぼには無数の穴（タニシの住みか）があり、少し掘ると容易に取れた。殻を取って煮ると夕食のおかずになった。

農薬を使わなかった昔の田んぼは安全なタンパク源であった。

替え歌

僕が少年だった頃、僕にだって反抗期はあった。ただ第一次反抗期（三～四歳）は小さかったので覚えていない。第二次反抗期（高校時代）はお父さんがいなかったことや受験のことで精一杯、反抗できる人はいなかった。だから他人に語るほどのものはない。よく覚えているのはギャングエイジ時代、学校帰りに歌った替え歌である。

詳しくは何年生か覚えていないが、僕達が小学生の時の元旦は冬休み中にもかかわらず、年始の式があり登校した。その時、全員で歌ったのが「一月一日」の歌である。式が終わると紅白のまんじゅうをもらって帰った。

この歌は１８９３年（明治二十六年）当時の文部省が小学校祝日大祭日に歌わせた唱歌である。

一月一日

♪年の始の　例《ためし》とて

終《おわり》なき世の　めでたさを
松竹《まつたけ》たてて　門《かど》ごとに
祝《いお》う今日こそ　楽しけれ

〝君が代〟は覚えていなかったのに、なぜ「一月一日」は覚えているのか。それは替え歌のおかげである。帰り道は下砂のガキ（トッシャン、ヨッチャン）、丸貫のガキ（コウチャンと僕）と一緒に歌いながら帰ってきたからである。僕はいつも、このガキどもに関わっていた。

♪年の始の　溜め担ぎ　終わりなき世の　めでたさを
松竹蹴っ転がして　門ごとに　祝う今日こそ　楽しけれ

そんな時は大抵、肩を組み歩調を揃えて歩いたものだ。他にも「♪ドレミっちゃん耳だれ　目がやん目…」の歌。「♪夕べ父ちゃんと寝た時は　変なところにイモがある…」そして、二番は「母ちゃんと寝る」のである。

さらに「♪夕べ夜中の三時頃　デコボコ親父が夢を見て　便所と寝床を間違えて　あっという間に大ションベン　それを見ていたアマガエル」はとてつもない所へ飛びついた。

こんな歌は五十年も忘れていた。ある時、校長室で仕事をしていると、男子が肩を組み、リズム良く廊下を行進していた。「♪変なおじさん　変なおじさん」僕はギクッ（ヤバッ）として、服装（特にチャック）を確認し、そっと廊下側の戸を開けた。三年生の男子四人組が肩を組んで廊下を通り過ぎた。

風呂

僕が少年だった頃、年に一回は隣のうちに風呂を貰（もら）いに行った。当時、近所の家で風呂に入らせてもらうことを「風呂を貰う」と言っていた。子供の僕にとって、いつもの風呂とは違う、他人の家の風呂に入るのは楽しみだった。

理由を聞くと「我が家では初午の日は火事になるから、火を使う風呂は沸かさない」のだという。

あれから六十数年、僕はその疑問が解けない。なぜなら、その家は初午でも風呂を沸かしているのだし、我が家は火事になったこともない。どうなっていたのだろう。

昭和二十年代まで、僕の家は風呂水を五十メートル先の小さな川（用水路、幅二メートル）まで行って、兄たちが桶に水を汲み、天秤で担ぎ家まで運んだ。

妻に言うと「エッ!?　なんと不潔な！」と言われた。当時、その川にはカワセミがいた。信じてもらえないだろうが、家の周りにはホタルも飛んでいた。

もう一つ信じてもらえない話がある。母はこの川で洗濯をしていたことだ。「姑が厳しくて冬でも川で洗濯をさせられた」と言う。小学生の頃まで洗濯したり、農具を洗ったりする足場が残っていた。

母はよく言っていた。「祖母は婿取りだったので威張っていた。反論するものは全て『出て行け、ここは私の家だ』また、婿である夫にも怒鳴った。洗濯は氷を割ってさせられた。このため祖母は年を取ると指が曲がらなくなった」と。

六十歳頃の母は、バケツに水を入れ日向《ひなた》で温まった頃、洗濯をしていた。もちろん、洗濯板と固形石鹸を使って洗うのである。六十年前の出来事だが、そんな母の姿が目に浮かぶ。

川には本当にきれいな水が流れていた。今で言う〝瑠璃色の宝石〟が飛ぶのを、少年は確かにこの目で見たのである。

好き嫌い

僕が少年だった頃、嫌いな食べものはなかった。直ぐ上の兄は〝うどん〟が苦手だった。ところが、昔の家庭の夕食は決まっていた。毎日うどんなので、夕食時、兄は食べなかった。それでも家族は「一食くらい食べなくても死にはしない」と誰も相手にしなかった。家族全員が、わがままな人のために〝特別な食事を作るなどもってのほか〟と思っていた。すると兄は空腹に耐えきれず、夜中にそっと起き一人で泣きながら食べていた。当時は冷蔵庫はなく、それ以外の食べ物はなかったからである。

冷蔵庫がないことは素晴らしい。間食もできない。家族が皆同じものを食べ、勝手気ままに、好きなものだけを食べることは許されなかったからである。

母が何度も話してくれた話がある。日露戦争で名を馳せた乃木希典《まれすけ》、彼の好き嫌いの話は幾度となく聞かされた。希典は好き嫌いが激しかった。すると母親は「希典が嫌いだ」と言っても、好きになるまで食べさせたという。僕のうちは父も母も希典の母と同じ考えだった。

今思えば、当時の我が家では〝不登校〟には絶対なれない。食事を一緒に食べなければ食いっぱぐれてしまう。夜になれば電気を消されてしまい、一人で起きている訳にはいかなかったからである。

三十数年前、食卓で交わされた我が家の会話、父親（僕）「○○さんは大人なのに、ピーマンが嫌いなんだってよ」。娘（五・六歳）「その人、きっと我がままなんだね」そうなんです。体に合わないのなら仕方がないけど。多くは食わず嫌いが多いのです。

息子が小さい時、保育園から「この子は煮物を食べないんですけど」と言われた妻は、さっそく煮物を作って食べさせた。間もなく食べるようになった。嫌いだったバナナも、海苔で包んで「お寿司、お寿司」と言って食べさせたところ、今では大好物。なんでも食べる。話は元に戻るが、あれから六十五年、兄は規則正しい生活を送る一方、うどんが大好物、夏になると一人で〝冷や汁〟とそうめんを作り、家族に振る舞っているとか、酒井家伝説の秘話である。

六十年たった今も納得がいかない事もある。母は口癖のように、明治の教科書「木口小平は死んでもラッパを離しませんでした」を繰り返し僕に話してくれたことだ。第2次大戦で長男を戦死させられた、憎むべき日本の軍国主義教育「死んでもラッパを離さない」

と教えた軍部の目的に気付かなかったのだろうか。

長男、昭和 20 年 4 月、フィリピンのレイテ島で戦死。27 頁後列左の外套を着ている少年（享年 25 歳）

一酸化炭素

僕が少年だった頃、一酸化炭素中毒になりかかったことがある。当時、炬燵は炭だった。小学校低学年で炭や一酸化炭素に関する知識はなかった。

ある日、炬燵に入っていると気持ちが悪くなり、十五歳年上の姉に「気持ちが悪い」と告げた。すると彼女は慌てて、周りの障子や廊下のガラス戸をバタバタと開け、僕を外へ連れ出した。僕は何回も深呼吸させられ、大事には至らなかった。

最近は炭を使う家もなくなり、炬燵で命を落とす人はいなくなった。以前は瞬間湯沸し器で中毒になった人もいたが、ガス探知機の発達で一酸化炭素中毒になる人はいなくなった。

ところが炭火や練炭で命を落とす人がいる。妻と北岳と間ノ岳に登山したとき、北岳山荘小屋キャンプ場でテントを張った。

その夜は寒かった。何しろ三千メートルの標高である。雷も鳴っていた。僕たちはテントの中で夕食を摂った後、ガスコンロを燃やし続けた。

その時フッと小さいときのことが頭をよぎった。「まずい！　一酸化炭素中毒になるぞ」。理科の先生が一酸化炭素中毒になったら、お笑い者だ。僕は妻に理由を話してガスを止め、寒さにじっと耐え朝が来るのを待った。

一酸化炭素中毒にまつわる二つの思い出である。

プロレス

僕が少年だった頃、テレビの普及と共にプロレス熱が高まった。始まりは力道山である。遠藤も有名だったが空手チョップの威力は少年の心を燃えさせた。

とは言っても、田舎ではテレビのある家はほとんどない。三年生頃、兄さんが僕を自転車の荷台に乗せ、六キロ離れた鴻巣まで連れて行ってくれた。二人でラーメンを食べながら初めてプロレスを見た。この時が初めてのテレビだった。

力道山が空手チョップをくれると胸がスカッとした。シャープ兄弟が憎らしく、ルー・テーズの逆襲〝脳天の逆落とし〟が心配になった。「その体勢になるとやられるぞ！」と心の中で叫んでいた。

帰って来ると近所の遊び仲間と稲わら（縄をなうために稲の茎を取った屑わら、ふわふわしている）の中で飛び跳ねた。少し高い所から、このわらの中へ手を広げて大の字に飛び降りたり、走り回ったりするのは爽快、まるで〝ノンちゃん雲に乗る〟のような気分だった。最後は前の日に見たプロレスの技を思い出し〝ごっこ〟遊びをした。

プロレスと言えば同じクラスに、シンちゃんとアキラちゃんがいた。当時、ゴジラ映画が流行り、敵の怪獣はアンギラスであった。シンちゃんはゴジラ、アキラちゃんはアンギラスと呼ばれていた。

二人はすっかりその気になって闘った。僕たちは周りで囃し立てる役目であった。決していじめではなく、周りで囃せば囃すほど、二人は高揚した。

クラスの人気をさらった怪獣戦士たち、あれから六十年、二人は元気でいるだろうか？

秘話

僕が少年だった頃、五つ上の兄が興味深い答案用紙を持って帰ってきた。僕がそのことを覚えているのだから、多分兄は小学校高学年だったろう。

テストの問題は、

「次の言葉の反対語を書きなさい」

広い↓広くない　重い↓重くない

小さい↓小さくない

上↓上じゃない　薄い↓薄くない

右↓右じゃない

答案用紙に頭を悩ます、兄の苦心が忍ばれる。そんな兄も今や七十六歳、大変元気である。

反対語の兄と江ノ島で
持参したカバンに注目

皆勤賞

僕が少年だった頃、一年間学校を休まず出席すると皆勤賞、副賞として鉛筆か帳面がもらえた。僕はそれが目的ではなかったが、なにしろ出席にはこだわりがあった。小学校六年間、そして中学校三年間一日も休まない〝皆勤賞〟だった。

小学一年生の通知表に「神経質でよく頭痛を起こしますから注意してください」と書いてあったくらいだから、あまり丈夫ではなく、神経質だった。それがなぜ皆勤賞なのか、実は裏がある。

それは、どんなに熱が出て、歩けなくても、父の自転車の荷台に乗り登校したからである。学校へ着くと自分の座席に座り、担任の先生から名前を呼ばれ返事をする。これで出席と認めてもらい、父の自転車に乗せられて家に帰り、寝たのである。

父は隣接中学校の校長なので担任も断り辛く「あまり出席に拘るなよ」と思っていたに違いない。

授業参観の時、机の上に両手を乗せて先生の話を聞いていた。すると、母親がサッと近づき、僕の両手を腿の上に乗せ、姿勢を正して座らせた。〝姿勢を正して椅子に座り、先生の話を聞く〟のは小学校の低学年から習慣付けられていた。

児童の時から、学校が好きで、出席に拘った少年は、大学卒業の一年後、教師となって教壇に立った。すなわち、人生の大半は学校と関わり続けたのである。

退職して十年経つが、その習慣は今も続く。雨の日はほぼ一日机に向かうし、晴れた日でも新聞を読むため椅子に座る。それだけで心が落ち着くのである。

最後になるが、担任の先生に言いたい。負の事実（神経質なので）は家庭訪問で直接親に言い、通知表には書かないでほしい。

古希を過ぎた現在でも、その通知表は〝思い出ＢＯＸ〟に入っている。

3. 少年時代

（小学校中学年）

三三九度

僕が少年だった頃、十九歳年上の姉が結婚した。それが結婚にまつわる最初の記憶で、脳裏に微かに残っている。嫁入り道具を牛車に乗せて家を出た。木で造られた牛車の上にはユズが張り出して、乗せてある嫁入り道具を遮った。多分、僕は四歳だった。

最も印象深いのは小学四年生、十七歳年上の兄さんが結婚したときのことだった。昭和三十一年、当時の冠婚葬祭は家でするもので、近所の人が総出で式を盛り上げた。主婦たちは白い割烹着で料理に精を出した。結婚式での男衆は嫁入り道具を運び入れた。

結婚式当日、何をしていたか詳しい記憶はないが、家にお嫁さんが来るので嬉しく、はしゃいでいたかも知れない。しかし、この兄の結婚式は格別な意味があった。

小学四年生の僕はヨシコちゃんと二人で、契の盃にお酒を継ぐ役をすることになっていた。神前結婚式で、巫女が新郎新婦にお酒を継ぐのと同じだが、僕は新婦の盃にたっぷりと、酒を継いでしまった。嫁さんは戸惑っていた。それを飲み干したかどうかまでは覚えていない。

それから何日か経って、今度はヨシコちゃんの兄（タケジさん）の家にもお嫁さんが来た。兄とタケジさんは小学校からの同級生で、とても気心の知れた友達だった。その時も僕は呼ばれて契の盃にお酒を継いだ。

昔は〝足入れ〟と言う仕来（しきた）りがあって、結婚式の前からその家に入って生活していた。僕が顔を洗う時、嫁さん（義姉）に、「おはよう」と言われて、くすぐったいような恥ずかしいような気持ちで、素直に言葉が返せなかったのを覚えている。

先日、兄が亡くなり、近所の人達がお見送りに来た。タケジさんは少し前に亡くなっていたが、彼の嫁さんは元気だった。僕がその話をするとすっかり感激して、お礼の言葉を僕にかけてくれた。あの時から、ちょうど六十年の歳月が流れていた。

僕はそんな役目を頼まれるほど〝かわいくて、あどけない〟少年だった。

カルシウム

僕が少年だった頃、親の「牛乳飲め、牛乳飲め」という命令口調はなかった。当然のことだが牛乳など無かったこともある。やがてアメリカから脱脂粉乳が配給されて、小学四年時に給食として出された。

以来学校保健法でも給食の「牛乳はカルシウムを補うための最高の手段」として、欠かせないものとなった。

今日、牛乳だけがカルシウムの補給手段として考えられている。背が高くなるからと、一リットルも二リットルも飲ませる家もある。だが、牛乳に含まれているのはカルシウムだけではない。高カロリー食品で脂肪も多く含む。摂り過ぎればカロリー過多による肥満は言うまでもなく、中性脂肪やコレステロールだって心配だ。

「過ぎたるはなお、及ばざるが如し」と言う。それでいて魚の肉の中にある骨には異常に気にする。輸入製品は第三国で、骨抜きをする女性たちが生産ラインに並んでいる。無駄である。

ちなみに僕は骨入り魚大好きである。ほとんどまるごと食べる。三十から五十回噛めば骨は液体になる。ただし固くて噛めないのもある。タイやマグロには歯が立たない。しかし、この魚は骨に挟まれた部分の肉がうまい。

一方、サンマ、アジ、ニシン、イワシの骨はよく食べる。背骨まで食えるのはホッケである。この魚は開く人が背骨の中央を割く。だから、魚体が大きい割にはコリコリ、サクサクと食べられる。焼く時、骨がキツネ色になるまで焼くと、更に食感が良い。

昔、ニワトリを締めた（殺す）とき、骨は兄さんがナタを使って土間で骨が一ミリの大きさになるまで叩いて、うどん粉を混ぜ、肉団子として食べた。他の生物の命を奪って生活する身としては、無駄なく食べたと言えるであろう。

昔、タンパク質やカルシウムを魚で摂っていた頃、〝サンマの頭食うバカ、イワシの頭食わぬバカ〟と言われた。我が家ではイワシはもちろん、そのまま全部食べ、サンマの骨は油で揚げ、油味噌にして食べた。捨てるところはまったくなかった。

二十代の頃、コイケさんと二人で山に登った。彼が「遭難したときはなあ、骨まで食べるんだよ」と言われ、二人はバリバリと手羽先の骨まで食べた。

ただし、鳥の骨は周りが固く、刺さりやすいので注意する必要がある。

屋敷林

僕が少年だった頃、家の屋敷にはポプラの木があった。直径は一メートル程だったが、高さは周辺で一番高く、遠くから見ても僕の家は際立っていた。かなり離れた土手からも、ひと目で分かった。昭和三十三年、台風で根元から折れてしまった。

狩野川台風だった。このとき、もう一つの被害があった。牛小屋の東側に二間・三間くらいの堆肥小屋があった。下がコンクリートで平らになっていたので、堆肥がない雨の日、兄弟はピンポン玉を手で打つ野球遊びをした。建物は南側だけ開いていたので、風がもろに吹き込んで飛ばされてしまった。

堆肥小屋にはもう一つの思い出がある。ここの土台を造るため、土を掘った跡が池になっていた。日当たりもよく大きさも手頃だったため、金魚が繁殖した。金魚が何百匹と泳ぐ池で僕は泳いだ。

トノサマガエルもたくさんいた。捕まえてはムギワラを肛門に差し込み、口で空気を吹き込んだ（こういうイタズラはすべて五歳年上の兄がよく教えてくれた）。腹がパンパンに膨らむ

悪い遊びだけを教えてくれた兄と

と、カエルはしばらく水にもぐれず、無様な姿で水に潜ろうとした。こんな遊びを今の子はしない。

ユズの木もあった。この木にはモズが子育てをしていた。僕はモズの雛をヒゴで作った鳥かごに入れ、親鳥が来る所に吊るした。親鳥は何度も餌を運んで来てはヒナに食べさせていた。その姿を見た時、さすがに罪の意識を感じ逃した。

ムクノキ、この木には少年の願いが宿っている。秋になり稲穂が色づき始める頃、枝には紺色の実がたわわに実った。するとムクドリが押し寄せた。何百匹がギーギー鳴きながら餌を啄む時、大きな枝が揺れた。僕たちは落ちた実を食べた。コッテリとした甘味が口に残った。

やがて、一羽が飛び立つと全体がバッと飛び立った。何百匹のムクドリが形を変えながら、空を舞う姿は壮観だった。僕たちは大空に向かって、声を限りに叫んだ。「ハシゴんなあれ！　船んなあれ！　飛行機んなあれ！」思いつく言葉を次々に叫んだ。ムクドリは飛行形態を変えながら大空を遠ざかった。

家の裏庭には大きな木々の間に広い空間があった。そこはカシとスギに囲まれた木陰があり涼しかった。ここは夏の間、我が家の〝野外食堂〟となり、昼食は縁台を囲み食べた。もちろん御飯のおかずは〝キュウリ揉み〟（ご飯のおかずにする水分の少ない冷汁）を食べ、食後は昼寝、土間のある茅葺屋根の家は中が広く涼しかった。

金銭的には裕福ではなかったが、屋敷林のある生活には〝豊かな時間〟が流れていた。

休み時間

僕が少年だった頃、近所で遊んだことや、授業中の思い出はあるが、休み時間の記憶はあまりない。でも、はっきり覚えていることがある。

小学時代、一番の思い出は校庭で鉄棒にぶら下がって遊んでいたときのこと、異次元の世界に居る気分になった。自分を包むあたりの異様さを感じたからである。

さっきまで騒がしかった校庭には誰もおらずに、静寂の中に一人立っていた。死んだような世界だった。なぜ僕だけ始業のベルに気付かなかったのだろうか。あれから六十年、あの静けさの中に取り残された記憶が今も残る。

中学の休み時間は女子とよく遊んでいた。中学になると、先生が変わったり、教室を変えたりするので、10分の休み時間では外に出られない。そこで短時間で遊べるものと言えば〝おはじき〟と〝輪ゴム解き〟であった。この遊びだけは禁止されていなかった。

よく遊んでくれたのがテルオちゃんとセキさん、キタムラさんである。あの時はいろいろお相手してくれて「ありがとう、熱く燃えたね」。

高校時代は三年生のときの思い出が二つある。一つは二時間目の休みに弁当を食べ、毎日昼休みに駅伝の練習をしたこと。もう一つは昭和三十九年、六月十六日の昼休み、僕は眠くて教室の後ろのロッカー（木の棚）の上で横になって眠っていた。突然の揺れで慌てて、棚から落ちそうになって飛び起きた。

日本で初めて〝液状化〟という言葉が使われた新潟地震の揺れであった。

肥後の守

　僕が少年だった頃、ギャングエイジと言うには程遠く、その素養に欠けていた。丸貫《まるぬき》以外の友達は隣村と喧嘩したとか、皆で物を取って来たとか、野火をして遊んだなど、いつも自慢話を聞かされていた。僕達〝大字丸貫組〟は皆おとなしく（威張れなかった）学校では存在感が薄かったので、自慢するような手柄話はあまりない。

　強いて挙げれば隣のうちの柿を獲ってきたとか、ユリの地上部分を挿したまま球根だけを盗んできたとか、ちょっと関心のある子を虐めるくらいなものだった。

　七夕様に捧げる歌は決まっていた。「七夕や　まんじゅう食って　腹っぴり」その程度だった。妻にその話をすると「七夕や　よく来てくれた　すまんじゅう」だと、女って違うなと感心した。

　その頃の遊び場は主に神社の境内だった。三角ベースだけでなくチャンバラごっこに秘密基地、樹上の家造り、ツバキの蜜吸い、森の中のトイレ作りなどに興じたが、遊びは常に〝肥後守《ひごのかみ》〟と言われる折りたたみナイフが〝かくし〟（ポッケ）にあった。

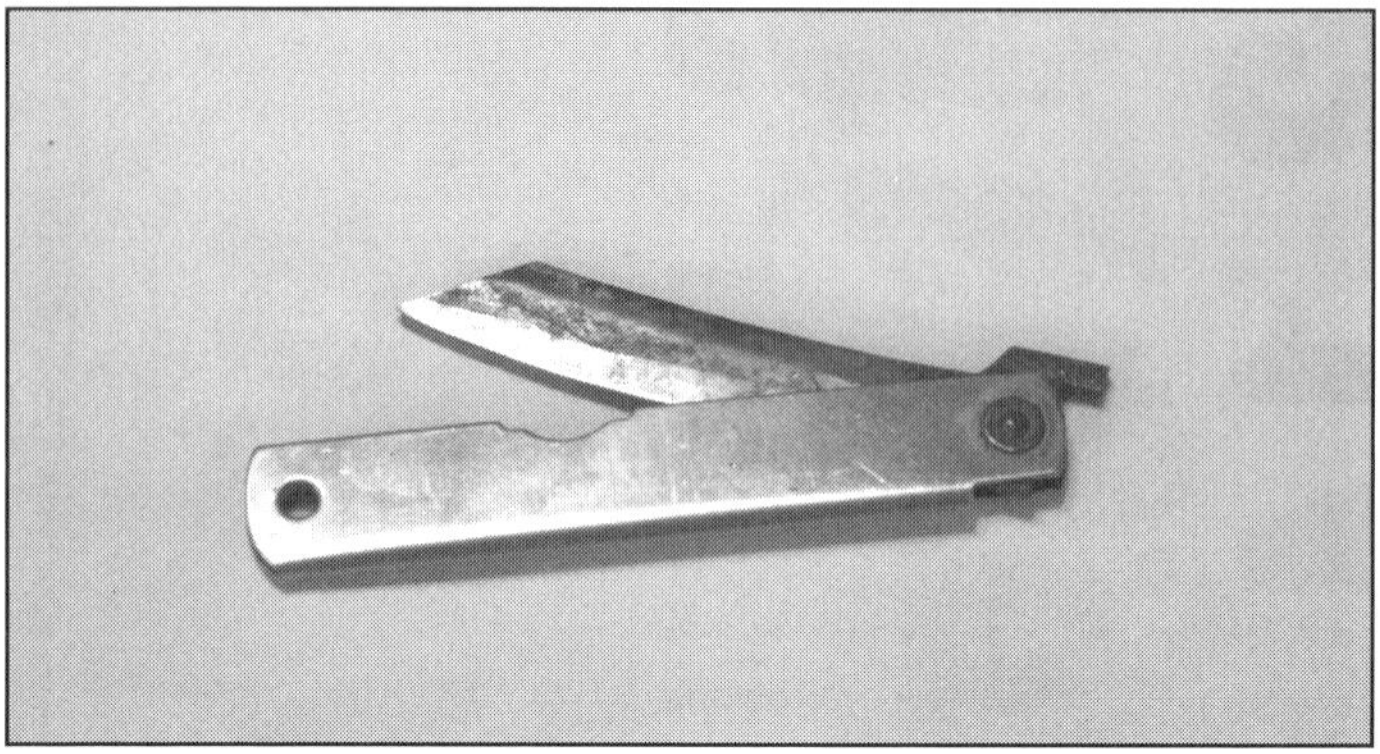

肥後守は便利だった。野山で遊ぶときの利用度No.１の道具であり、ナイフは切るという役目だけでなく、ノコギリの役目も果たした。野山で遊べば怪我をするのは当たり前なのに、いつの頃からかナイフが怪我の元と言われ、持ち歩きが禁止された。そして丸い輪の内側に刃の付いたナイフを勧められた。やがて、ナイフの持ち歩きはなくなり、遊びの種類も減っていった。

遊びも飽きてくると神社の森で薪拾いをして帰った。僕のうちは屋敷林があったので、拾って帰る必要もなかったが、皆に合わせて拾った。一番の遊びは大きな籠を背負って、土手まで草刈りに行ったことである。これは〝♪行きは良い〲、帰りは怖い〟歌詞の通り、草をたくさん刈ると荷が重くなる。

これはきつかった。少年の手では草はうまく集まらな

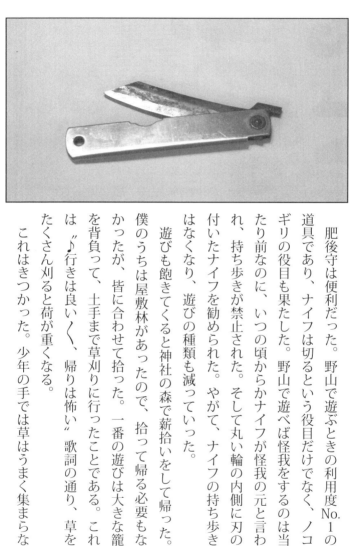

い。この時、大人の腕はすごいと思った。鎌は切れなくなると、研がなければならない。リヤカー一杯になるまで刈ったことはないが、帰りは難儀であった。三人は遊びで家の手伝いをする真面目で、ギャングになり切れない少年だった。

天神講

僕が少年だった頃、近所の子供達の間には〝天神講〟という行事があった。大人の世界で○○講という言葉はよく聞くが、子供にはあまり馴染みのない言葉だ。天神とは学問の神様である菅原道真公を言う。

当時、この地区（丸貫）は六十軒の集落であったが、神社の境内には梅の木があって天神様が祀られていた。

天神講の日、僕たちは学校から帰ると手はず通り米、ニンジン、ゴボウ、油揚げなどを持ち寄った。他に少年たちは持参した墨と硯と半紙を用意した。半紙は半分に切り二枚繋ぎ、〝天神天満宮〟と書いた。一番上手にかけた作品を御札にし、天神様の梅の木に吊るしたのである。大抵は数軒のグループ毎に行われた。

この時、墨を摺る水は里芋の葉にたまった水滴を使った。僕たちは苦労して水を集めた。今思えば「成る程！」と思う。芋の葉に転がる水滴は丸く虹色に輝く。その輝きを見た少年は心を無垢にすると考えられる。

この日当番の家で作ってもらった五目飯のごちそうを食べ、夜遅くまで遊んだ。人数が少ない場合は泊まることもあったが、親が迎えに来て帰った。

翌朝は早起きをして神社に集まった。昨日奉納した御札を燃やした。燃えると紙は高く舞い上がる。高く上がれば上がるほど書道が上達し、学問が成就すると信じていた。そんな行事も、僕達が中学校に行く頃消えた。

十年後、大学二年生になった僕は夏休みに九州一周の旅に出た。この旅行での一番の目的は大宰府に立ち寄ることであった。神社の境内に立った時、橘も桜も興味は湧かなかった。「これが本家本元、菅原道真の梅の木か！」感動しながら幹をさすり、枝に用意してきた〝天神天満宮〟と書いた御札を下げてきた。

昔は米やニンジン、ゴボウなどのように家で作ったものを持ち寄ったが、今日ではケーキが用意され、プレゼントの交換が日常となった。天神講は滅びた。

『東風《こち》吹かば　思い起こせよ　梅の花　主（あるじ）なしとて　春なわすれそ』あれから六十年、この歌は僕にとって、思い入れの深い歌である。

キュウリ

僕が少年だった頃、近くに生鮮食料品店はなかった。野菜は毎日が生鮮食品、畑で出来るものだけを食べていた。
夏になると毎日キュウリ。キュウリもみ、キュウリの酢漬け、キュウリの漬物など、朝から晩までキュウリで、それが三ケ月は続く。

キュウリと並んで食卓に並べられる野菜にナスがある。ナスには〝ナスづくし〟と表現できるほど料理方法がある。ナスの漬物、ナスの油味噌、ナスの味噌汁、ナスの鴫焼き、ナスの酢漬け、ナスの天ぷら。「これでもか、これでもか」というほどナスが出てくる。サヤエンドウやインゲンの時期には、それらを使った料理が続く。「まるでキリギリス

家庭の野菜、小学四年

みたいだよ」と何度も言ったことがある。

タンパク源は？というと家で飼っているニワトリの卵とメザシ、アジやサンマの開き、塩ザケ。生のアジやサンマは見たこともなかった。豆腐も数百メートル離れた雑貨屋に金属ボウルを持って買いに行った。

高校生の時、同級生が持ってくる弁当には肉があった。「肉が食べたいなあ」と思っていた。家で肉を食べるのは年に2〜3回、卵を産まなくなったニワトリを潰して（殺して）食べるときだけであった。肉を取り、皮から油をとった。

大学生になって、初めて外食した時、〝餃子〟が読めず恥ずかしい思いをした。勿論カツ丼も食べたことはなかった。結婚前、ミセス・サカイ（妻）とデートするまで、スパゲッティやピザ、ドリアなどという垢抜けた食べ物は知らなかった。

それでも不自由とも不幸せとも感じたことはなかった。当時は〝幸せの国〟にいたように感じた。結婚して、近くの餃子屋さんで、独特の香りの餃子を食べた時「世の中にこんなうまいものがあったんだ」と知った。以来四十数年、あの時よりうまい餃子を食べたことがない。

最近、妻や子供、孫達と回転寿司に行く。皆、かっぱ巻きが好きでよく注文している。

だけど僕は絶対しない。僕にとって、キュウリは買って食べるものではなく、夏の間一日三回、朝・昼・晩「これでもか、これでもか」と食卓に出されたものだからである。

昔、キュウリは十分食べた。金を出してまで食う気持ちにはなれない。

兄弟

僕が少年だった頃、思い出は井上陽水の歌詞そのものであった。手に持った三角に折り曲げた長い篠（シノ）の棒には、ダンジラグモの巣（今日では全くいなくなったオニグモのベタベタした糸）を巻きつけたセミ取りをかついでいた。

少年時代（井上陽水）

♪夏が過ぎ　風あざみ
だれのあこがれに　さまよう
青空に残された　私の心は夏模様
夏まつり　宵かがり
胸の高なりに　合わせて
八月は夢花火　私の心は夏模様

最近の子供達はクワガタやカブトムシを買って来るという。困った時代になったものだ。僕はクワガタやカブトムシはいつも兄が捕ってくれた。だから多いときは数十匹ずつ飼っていた。餌くれも大仕事だった。

僕が兄たちの農作業に付いていくのはクワガタやカブトムシが目的だった。一緒に行くときはリヤカーに乗せてもらえて、休憩時間には虫取りをしてくれたからである。兄は虫のいる木に「ドスーン」と足蹴りをくれた。すると何匹かバタバタと落ちた。夏休みの宿題もそうだったが、昆虫取りも兄たちの手助けが大きかった。

十三歳上の兄と　江ノ島で

僕は朝飯前の草刈りは苦手だった。〝宵っ張りの朝寝坊〟な少年は早く起きられない。兄たちは僕の着替えをリヤカーに乗せ、寝間着姿のままガラガラと引き出した。

草刈りはなぜ早く出かけるのか。朝は早ければ早いほど利点が多いのだ。土手は太陽が直接当たるので、出発が遅れるとリヤカー一台刈るのは暑くて重労働になる。涼しい内なら仕事も捗（はかど）る。二つ目の理由は早朝なら〝鎌の切れ〟が良いのだ。草が乾くと

すぐ切れなくなる。しかも刈った草が萎れやすくなる。

僕は〝ミソッカス〟であてにされていなかったので、草の間に咲く花を取ってきては庭に植えた。一番想い出深い花はアザミである。井上陽水の〝少年時代〟はこの題名と僕の思い出が一致するからである。

次に浮かぶのが〝シノブモジズリ〟（ネジバナ）。高校時代に学んだ百人一首で、一番〝思い入れ〟の深い歌は『みちのくの　しのぶもじずり　誰ゆえに　乱れ初（そ）めにし　我ならなくに』である。これは草刈りの記憶と重なる。

リヤカーを兄弟で引いたり乗ったりするのは楽しい遊びだった。一人が前を引き走っているとき、後ろの人が跳び乗る。すると、引く人は高く飛び上がり、空中遊泳をすることになる。前後の呼吸で長距離のスリルが味わえた。空中遊泳は遊園地と違って、自分たちの工夫で遊泳時間を伸ばすことが出来た。

ヘビ

僕が少年だった頃、ヘビは嫌いだった。今もそうなのだが、ヘビを見ると石を投げたり、長い棒でつついたりする癖がある。人間に害を及ぼすわけではないのに、前世からの敵だったかのように振る舞ってしまう、悪い癖だ。

ヘビも自然界の一員、必要だから存在する。人間がヘビを恐れるより、ヘビのほうが凶暴な人間を恐れている。最近は自分の方からそっと、立ち去るようにしている。

少年はヘビを見ると闘争心が湧いてくる。特にギャングエイジの男の子は闘志むき出しで戦いを挑む。そんなヘビに関する思い出三つ。

小学四年生のとき、教室脇の畑からヘビが出てきた。クラスで一番大きくて力持ちのケイゾウさん、良いところを見せようと大きなアオダイショウの尻尾を持ってグルグル回し始めた。遠心力を弱めたところでヘビはケイゾウさんの腕をがぶり。担任の先生はケイゾウさんを自転車の荷台に乗せて、近くの医者に連れて行った。幸い大事には至らず間もなく戻って来た。

次は学校からの帰り道、一番元気が良かったのがトッシャン（トシッグくん）、いつもみんなの前で粋がる少年だった。学校の帰り道、アカヘビがカエルを飲み込んでおり、首のあたりが膨らんでいた。ここでみんなに「カッコ良いところを見せつけないと俺の名がすたる」とばかりにヘビの尻尾を持ち、棒で逆にしごき始めた。しばらくするとカエルは口から出てきた。しかし、既に死んでいた。かわいそうなヘビは田んぼの中に投げ捨てられた。今思えば、ガキ大将も大変だと思った（その場所、今では住宅地になってしまった）。

最後の犯人は自分である。カッちゃん（僕）、トシオちゃん、ユキオちゃんの三人は学校から帰ってくると、いつものように篠鉄砲の玉探しで、ヒゲンソウ（ジャノヒゲ）の根元をかき分けていた。

すると数匹のヘビが絡まっているではないか。三人の少年は長い棒を持ち寄り長時間ヘビと格闘、引き離してしまった。ヘビたちは集団で交尾の最中、陶酔の境地に浸っているところだった。なんと残忍なことをしたことだろう。人生七十年の中で最悪な行為だった。

もし、時を戻すことができたら、あのときに戻って、元の状態に戻してあげたい。

夢

僕が少年だった頃、ユキオちゃんちに井戸掘り屋さんがやって来た。吉見の地下水は空気に触れるとたちまち変色した。その為、どの家も浄水器を作った。今日のものとはおおよそ違う大きな瓶にシュロの葉を敷き、木炭、砂利、砂などを何層にも重ね、浄化する装置である。それらは何度も洗われ、繰り返し使われた。

ユキオちゃんちはきれいな水を得るために、百間《ヒャッケン》（１８０ｍ）もの深い井戸を掘り、数軒で共同水道とした。井戸掘りも今では機械なので簡単だが、当時は地上に十ｍもの大きな竹の弓を作り、鉄管の重さと釣り合わせた。井戸掘り屋さん二人は向き合って、朝か

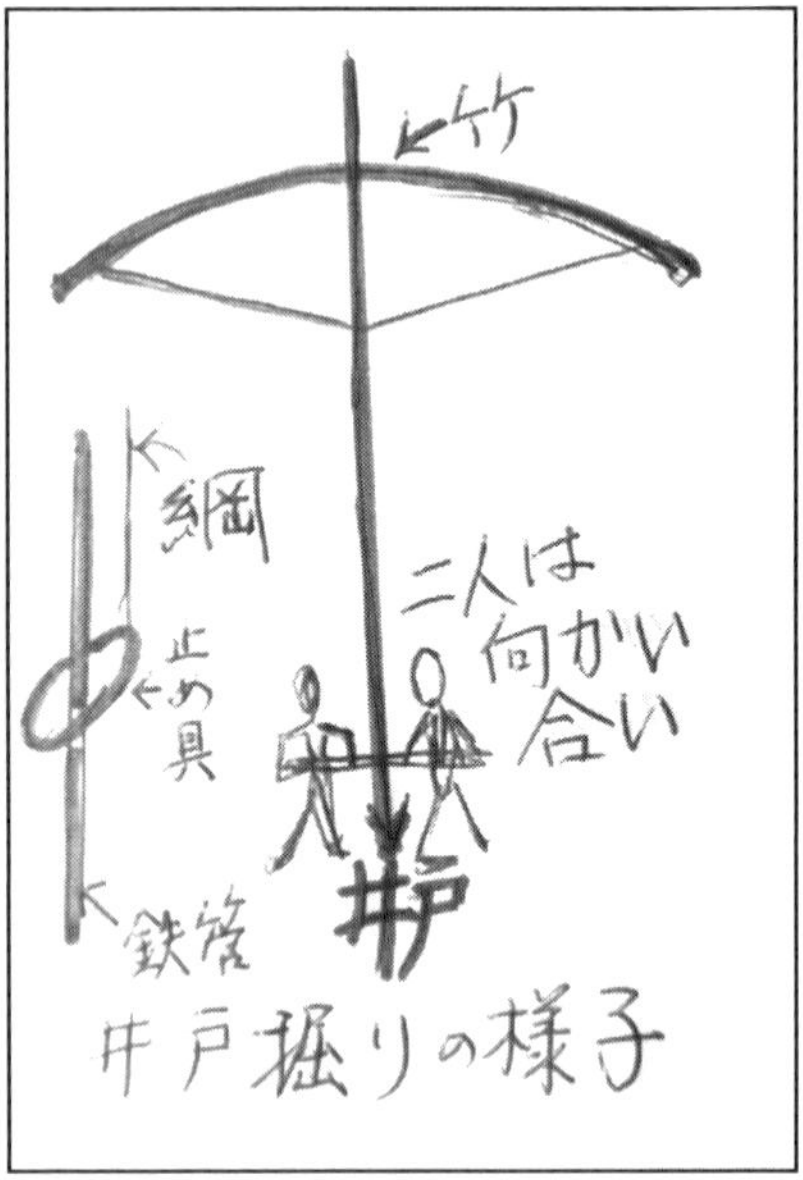

ら晩まで突いた。

僕達三人組は帰宅すると、毎日井戸掘りを見に行った。やがて、自分たちも〝井戸掘りごっこ〟をするようになった。まっすぐな竹を切って、根元の硬い部分を尖らせ、水の出そうな田んぼに差し込んだ。

こうすると小学四年生でも二～三ｍは穴が掘れる。すると穴から水が湧き出すので、多く出るところを狙って、あちこち試し掘りをした。井戸掘り遊びは数カ月にも及んだ。井戸掘り屋さんも一日中同じ動作をしているので仕事に飽きる。二人のうちの一人はカナメさんといい、三人をからかいながら遊んでくれた。僕達は二人を慕っていた。新しい石が出ると分けてもらった。

その日も学校から帰ると井戸掘りを見に行った。僕がおしっこをしているとカナメさんが「見えるぞ、見えるぞ」とからかった。

僕は見られないように反対方向を向いて、シュロの葉っぱにおしっこをかけ続けた。シュロの葉っぱは右に左に、ゆらゆら揺れた。反動でおしっこは跳ね、自分の体に何度もかかって冷たかった。

気がつくとそれは夢だった。布団はおろか、畳まで〝ぶっこぬく〟大おねしょだ。お母さんも〝たまげた〟ろう。この時小学四年生、六十年前のことだ。あの時の情景がはっきり浮かぶ。最初で最後の寝小便だった。

習字

僕が少年だった頃、今のように墨汁はなかった。したがって、授業の前に必要な墨は自分で擂る必要があった。

僕はお父さんから「墨を擂るのは精神を統一するためにある。墨を傾けたり、急いで擂ったりしてはいけない。心を鎮めてゆっくり回すように擂る。どんなに使っても墨は真っすぐ立っているように擂りなさい」と教えられていた。

父は僕にだけは作者名が書いてあり、大きくて値段が他の人の何十倍もする高い墨を持たせた。しかし、小学生にそれは無理だ。僕はお母さんに安い墨を買ってもらい、硯にはクギで横に線を何本も引き、擂る面を凹凸にした。そして安い墨で力一杯ガリガリ擂った。

お父さんがそれを知ったら、どんなに嘆き悲しんだことだろう。

自転車

僕が少年だった頃、それは小学校入学前のことだった。自転車の荷台に乗せられたまま用水路に投げ出され、その下敷きになった。呼吸も出来ない水の中に沈んだ。幸い、十一歳年上の兄が救い上げてくれ、九死に一生を得た。〝呼吸が出来ない〟あの恐怖は今でも覚えている。

四〜五歳だった僕は三輪車によく乗った。「たくさん練習すれば、早く自転車に乗れるようになる」とおだてられ、得意になって乗っていた。

ところが、いくつになっても自転車に乗れなかった。隣のユキオちゃんはお父さんが子供用自転車を買ってくれた。だから二年生の時には乗っていた。トシオちゃんは大人用の自転車に〝三角乗り〟をしていた。

愛用の三輪車と

三角乗りとは男用の自転車の三角形に右脚を入れ、左手はハンドル、右手はサドルを小脇に抱えて乗るアクロバティックな乗り方である。この方法は運動神経と勇気がないとできず、僕は挑戦してみようとさえ思わなかった。必然的に自転車に乗る時期が遅れた。

五〜六歳の頃、十五歳年上の姉は僕を自転車の荷台に乗せ、北本のおばさんの家まで通った。途中長い坂が二つもあった。荒川に架けられた高尾橋は木で造られていて、自転車が通るとカタカタ鳴った。

その音が今でも脳裏に甦る。十キロ近い砂利道を、弟を載せて走る若き姉、多分二十二〜三歳だったろう。今の若い人たちには考えられない力強さだ。

十七歳年上の兄は、十九歳年上の姉が嫁いだ東松山の田木に、自転車で連れて行ってくれた。当時、越辺川は細く、くねくねとしていた。橋は木造で何度も渡った。曲ったところには必ず崖があって、近所の子供達は水に飛び込んで遊んでいた。

昔は水の事故が多かったと聞くが、あれだけ自然の中で遊んでいれば、事故があったのも頷ける。プールで監視つきなら事故は起きない。ただし、創造力は生まれない。

〝自転車に乗る〟きっかけとなったのは北小学校で行われた合唱コンクールであった。四年二組は学校代表として、四キロ先の北小まで行った。当時の学校はノンキだった（交通事故は考えてない)。

自転車に乗れる人は自分の自転車で行き、乗れない数人は歩くという二班《ふたはん》に分かれた。ちなみに、この時の合唱曲はシューマンの「楽しき農夫」。指導者の先生が「とてもリズムが良くて素晴らしかった」と評価してくれた。

さすがに、この時の往復はミジメさを感じ、自転車に乗ろうと決心した。帰って来てから、何日か練習して乗れるようになった。ところが、自転車事件はそれで終わりにならなかった。

吉見中学は五つの小学校を統合したマンモス校、二キロ以上離れていた。当然自転車で行くものだと思っていると、兄さんに「そんな近いところは自転車に乗る必要はない」と言われた。彼は旧制中学時代(戦時中)自転車が買ってもらえず、九キロの道を歩って通っていたのである。

「二キロ位、自転車置き場に行って、荷物を積んでいる間に家に着いてしまう」。さらに、ダメ押しの言葉が続く。「自転車で通ったからといって勉強ができるようになる訳ではない」。かくして僕とユキオちゃんとトシオちゃんの三人は、もっと距離が近い人達を尻目に、テクテクと通ったのである。

高校へ通っているときの思い出は強烈である。鴻巣駅まで百メートル位のところで、自転車もろとも投げ出された。原因は覚えていない。ドスンと落ちたときの衝撃は大きかったが、痛さは感じなかった。

なぜ、衝撃と表現したのかというと、後にダンプカーが迫っていたからだった。そのことを思い出すと、ゾッとする。

大学時代は下宿からの通学である。電車ではひと区間だが、その前後に何倍も時間が掛かる。そこで自転車を家から持って行き、下宿から大学まで通学をした。

古くなった自転車で下宿まで乗って行く途中、埼玉県東部は肥溜めが余りにも多くてびっくりした。思うにクレヨンしんちゃんの地元、春日部・越谷周辺の〝肥溜め〟群は有形自然文化遺産地域に推薦するだけの価値がある。

八十八夜

僕が少年だった頃、母は何かにつけ八十八夜という言葉を口にした。僕は一月一日から数えてみたり、いろいろ数え直したりしたが、どうしても計算が合わなかった。

そこで母に聞くと「立春から数える」と教えてくれた。昔から八十八夜はいろいろな作物の成長の節目に当たっているそうだ。「茶摘」にも歌われている。

当時、この地区ではカイコを飼う農家が多かった。カイコは年に何度も得られる現金収入に繋がっており、桑は米の次に重要な作物だった。桑の成長とカイコの飼育は大きく係わっていた。

五月になると、すぐに最初のカイコ（春蚕＝はるご）を飼う時期になった。母は〝八十八夜の別れ霜〟ということを口にし「これを乗り切れば、その年の蚕の飼育はうまくいく」と言った。

この時期、桑の芽は小さく、霜の被害を受けやすかった。霜が降りると黒く縮れ、カイコの収量は落ちる。農家の人達は天気の変化に気を配った。

高気圧に覆われると、晴れて風が止み放射冷却が起こる。すると悪魔の霜が降りるのである。その心配がある時、農家の人たちは早朝から煙が出る物を燃やし、熱と煙で桑畑の若芽を守った。五月に入ると霜はめったに降りるものではないが、その境目が八十八夜に当たるという意味であった。

埼玉県以外の測候所はすべて県庁所在地にある。なぜ埼玉県だけは北部の熊谷市に測候所を置いたのか。それは埼玉県の産業（カイコ）が〝霜〟と重要な結びつきがあったからである。その証拠に、〝世界文化遺産の製糸工場跡〟は埼玉県北部に近い群馬県富岡市にある。

要するに、埼玉県では県南部の気象など、あまり重要なことではなかった。さいたま市周辺の気象を知りたければ、東京を見れば済むことである。

釘（くぎ）

僕が少年だった頃、釘は遊び道具の主役だった。三寸が一番良く使われた。その一つが陣取りゲーム、釘を図（1）のように持ち、泥の地面に向かって投げつけ、刺さった所を次々と結び敵を囲んでいく遊びである。

図1

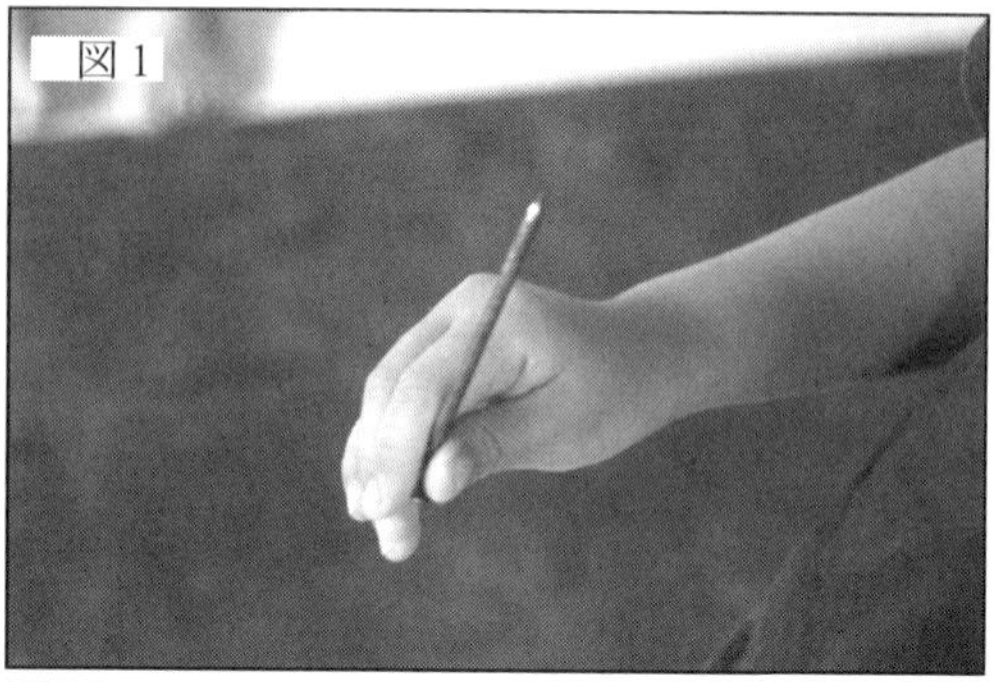

図2

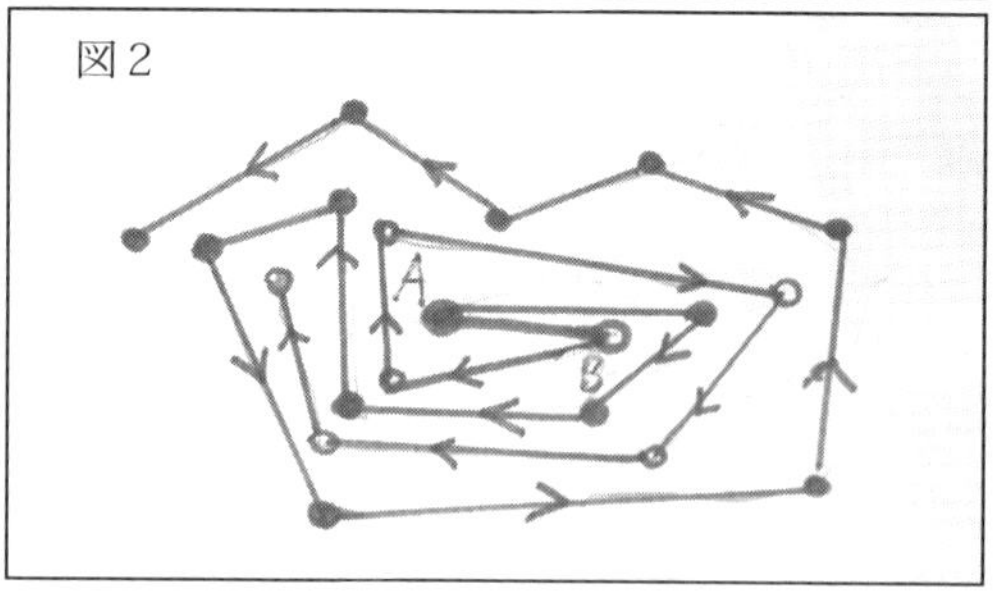

先に進む人はただ囲むだけでなく、ギザギザをつけて（図2）相手を囲いから出にくくするのだ。先手を取ったほうが勝負を有利に進められるだけでなく、最後は自分の線上に釘を立てれば完全に相手を封じ込め、勝利が決まる。

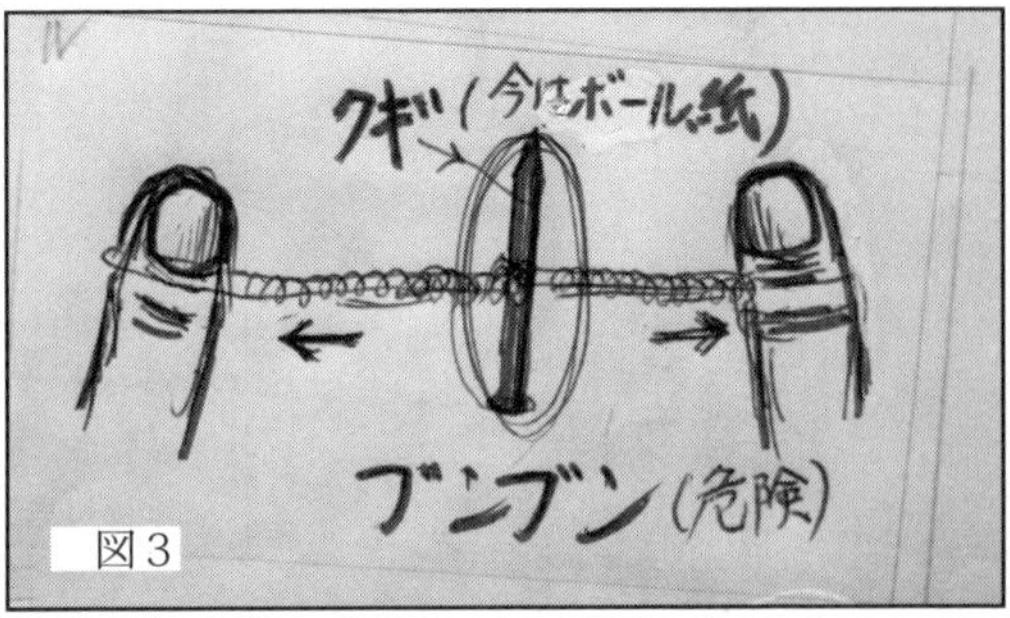

図３

それ以上に危険な遊びと考えられるが「ブンブン」である（図３）。これも五寸釘では長すぎ、三寸くらいが一番良い。水糸（みずいと）の中央で釘を縛り、両側に親指を入れ、最初は軽く回し、左右に引きながら、次第に強く引き釘を回す。釘はブンブンと音を立てて回る。激しく回ると紙などは簡単に切ることができる。もちろん手を切ってしまうこともあるため、この遊びは禁止になった。先の陣取り遊びも僕達の時代が最後になった。

あれから六十年後、僕は孫（四歳）の幼稚園の参観に行った。最近のブンブンは釘ではなく厚紙を丸く切り取る。二つの穴に糸を通した両面に色を塗り、回しながら色の変化を楽しむのが目的である。

全員が作り上がると、先生が見本を回してみせるのだが、これが何回やっても回せない。先生は「あれ？　あれ？」と言っているだけで、とうとう回せず仕舞《じ》いであった。

子供たちが一生懸命回そうとしている時、六十年前の少年（僕）は先生に近づき、回し方のコツを伝授した。「こういうふうにすると、よく回るんだよ」。すると、先生もやっと回すことができ、園児に教えることが出来た。昔の少年は園児たちの間をぬって、回し方を教えた。

それにしても幼稚園の先生、材料を準備するだけでなく、自分で回せるようにしてから子供の前に立つのも教材研究というものですよ。

自家製醤油

僕が少年だった頃、味噌と醤油は自分の家で造っていた。もちろん、家族が造るわけではないが、その時期が来ると職人のオオムロさんがやってきた。彼が来ると落ち着かなかった。学校から帰ってから夕方まで、僕達は急に忙しくなった。

オオムロさんは、前年寝かせた醤油の元を蔵から出して来た。最初の仕事は小さな柄杓で液をすくい細長い麻袋に流し込んだ。袋は四角い箱の中に重ねられ圧力がかけられた。

するると下の小さな穴から醤油の元がチョロチョロ流れ出てきた。僕たちはそれを舐めたり、搾り滓をもらって食べたりした。しぼり滓は本当に不味い。

しかし、兄さんは滓も捨てずに、うどんの茹で汁や米のとぎ汁と一緒に、牛の餌（飼い葉）に混ぜて食べさせた。農家は口に入れられるものは決して無駄にはしなかった。

次は庭に大きな穴を掘り、直径一メートルもある大釜を設置した。絞った醤油をそこに入れ、沸騰させた。すると泡は片方に寄ってくる。彼はそれを網ですくった。

僕たちはその泡を小指に付けて舐めた。決して美味い物ではなかったが、それは醤油屋さんが来たとき、少年たちがする〝ルーティーン〟（決まった手順）である。沸騰した醤油は熱湯消毒をした樽に詰められ、また蔵へと運び上げられた。これで醤油屋さんの仕事は終わったわけではない。

次の年のために、小麦や大豆を茹で、ある程度冷めたところで麹菌と混ぜた。それは家の中の土間で筵《むしろ》を被せて、温度管理された。それから何回も来ては手を中に差し込んだ。温度が高いと筵をめくり、冷えるとかけて帰った。熱くなると湯気が立ち上り傍目にも熱過ぎるのが分かった。

後で分かるのだがこれが〝呼吸〟だったのである。後日、味噌も醤油も作り方さえ分かれば同じだということも知った。後悔しているのは、この醤油づくりを〝呼吸〟の授業に活用しなかったことである。

醤油屋さんが帰ると、母は味噌樽に生姜や白ナスを漬けた。美味しかった。あれから六十年、野菜の味噌漬けの味が懐かしく、通信販売で注文した。しかし、辛いだけで味が悪く、家で造った〝母の味〟とは雲泥の差があった。二度と注文する気にはなれなかった。

幸いなことに、近くに住む十一歳年上の兄が〝母の味〟生姜の味噌漬けを手作りして、毎年届けてくれる。あと何年食べられるか分からないが、世の中にこんな美味い漬物はない。

※蔵
僕の家はなぜ、土を高く盛った上に蔵（物置）があったのか。それは東吉見村は十年に一度の周期で荒川の大洪水に見舞われたからである。水位は二階まで来たので、それ以上高く、浸水する心配のない蔵が必要だった。

採血

僕が少年だった頃、ツベルクリン検査はいつも陰性だった。すると、次にＢＣＧ接種をした。検査と接種を繰り返し受け、やがて陽性になった。すると、理由は分からないまま保健所に行き、血沈のための採血をした。

六十年前のことである。腕から血を取られるのを見た僕は血の気が引いてクラクラした。「貧血」と言われ、数分間横になった。

やがて、このことがトラウマ（心的外傷）となり採血の度に貧血になった。これで「医者への道は絶たれた」と思った。母は近所の口の悪い人に「そんなに子供がいて、一人位医者にさせられないのか」と言われていた。血を見ただけで倒れてしまう僕を見て、母は気落ちしていただろう。

本人の気持ちは生物系の大学だったが、兄から「そんなもので就職できるのか」と言われ化学を選んだ。高度成長経済の時代、兄の言葉は納得できる。

大学四年生になって、専門課程に進んだ時、担当の教授が大きな手術をした。僕は献血に行った。四百ミリリットル採血する前の検査をしたが、それだけで貧血になり献血を断念した。以来、一度もしていない。

就職は楽勝だった。社長と二十分、世間話をして、それで終わりだった。ところが就職して驚いた。全ての国立大学と有名私立大学から一人ずつ来ていた。毎日が緊張の連続で、気弱な僕に心休まる日はなかった。やがて健康上の理由（有機化合物の毒性）で、会社を辞めた。

教師になった僕は、水を得た魚のごとく自由奔放に振る舞った。だが血を扱う内容は辛かった。長男が三〜四歳の時公園に連れていき、ロディオという遊びをした。ドラム缶から降りた彼は、後頭部を缶の縁で打った。何針か縫う怪我だったが、それを見ただけで貧血になってしまった。

気丈な妻は〝気弱な夫〟につくづく呆れたのではないかと思う。年齢が進むにつれ、採血の回数も増えたが、それでも椅子を見つけては横になった。

六十代になると、さすがに〝気弱な〟僕も採血に慣れたが、手術の時は医師に言った。「僕は態度が大きいのですが、気は小さいので気持ちが悪くなるかも知れません。その時はよろしく」と。担当の医師は「面白い」と笑っていた。

4．少年時代

（小学校高学年）

溜め担ぎ

僕が少年だった頃、どの家も肥《こえ》溜めがあった。農家は肥料に使っていた。江戸時代、それを集めて商売にする職業もあったという。ガソリンがなくなり、車で運べない戦時中は都会の溜めは貨車で地方へ運ばれ、肥料として使われた。ウソのような本当の話である。田舎に住んでいても高齢の人しか記憶にないだろうが、〝肥溜め〟と言えばピンとくる。〝笑点〟では一番右の席に〝コンちゃん〟（林家こん平）が座っていた。彼の出身地はチャーザー村（千谷沢村）だと言う。そこには〝肥溜め〟がたくさんあり、いつもそこにハマる話をネタにしている。

本題はこれからである。高校を卒業して四十七年、同級会をした。一回すると次の年は有志で温泉に行った。皆でテーブルを囲み、夜更けまで語り合った。その中で「誰が一番田舎出身か」が話題になった。

それぞれが「我こそ田舎の出身者」。すなわち、自然の豊かなところに住んでいたかを自慢（？）し合った。結果は僕が第一位になった。なぜ、埼玉県中央部の東吉見村は田舎度ナンバーワンなのか。

六年生になると技術・家庭という時間があった。男子は技術科、女子は家庭科を学習した。男子はその時間、時々溜め担ぎをさせられた。一番力のあるケイゾウさんが大きな柄杓で溜め桶に汲んだ。身体の小さい人は一つの桶を二人で担いだ。

当時の僕は百四十センチしかなかったのだから、大変だった。今の時代なら、小学三年生くらいの少年だ（ちなみに、体重は二十四キロ）。

ケイゾウさんは小さい子には糞尿の量を少なくしてくれた。それでも校庭の端まで担いで行くのは大仕事、ヨロヨロと歩いた。そこには大きな穴が掘ってあり、二人で桶を倒して糞尿を捨てて戻った。こうして一時間の授業が終わった。僕たちは「これも男の役目」と思っていたので、冗談を言いながら続けた。

今なら大変なことになっていただろう。保護者もよく苦情を言わなかったものだ。当時の先生はもちろん、保護者も大らかで、子供もノンキだった。これも〝教育課程〟の一環だったのか、〝地域に根ざした教育〟だったのか。遠い昔のことは美しい思い出として残る。

僕達が溜め担ぎをしていた頃、町の子は受験勉強をしていたのだろうか。

質問

僕が少年だった頃、高学年になると、授業を受ける一番の楽しみは〝先生の間違い探し〟であった。毎日、一方的に朝から晩まで話を聞かされているのだから、飽きてしまう。「先生はどこで間違ったことを教えるか」。わざと間違えてくれたのだとしたら、この指導法は相当高度なものだ。そう考えると、小学校五・六年生の担任はしたたかだったのかも知れない。

いつも「かっちゃん、かっちゃん」と呼んでくれた。当時の僕は何度か先生のことを「おかあさん」と呼んだこともあり、その度に、先生とニッコリ見つめ合ったことがある。

今でも覚えているのは先生が「縦と横の長さの和が同じなら、面積は同じである」と教えたことである。誰も疑問を出さなかったが、僕はおかしいと思い、いろいろ計算してみた。5×5、6×4、7×3、8×2、9×1という具合にノートに書いて先生に申し出た。先生は納得して、直してくれた。

別のテストでA君は百点、僕は百点ではなかった。僕は「そんなはずはない」と先生に抗議した。何度も説明をすると、Aくんは間違っていて、僕を百点に直してくれた。

中学になると僕の質問は次第にしつこくなった。理科の先生が電池の直列繋ぎと並列繋ぎのことで説明した。先生は「直列は強い電流が流れる。並列にすると電流は弱くなるが流れる時間は長くなる。二つ直列に繋ぐと時間は二分の一、三つ繋ぐと三分の一になる」。この説明は、言葉が不足しているのが分かった。僕はそこを突いた。

「それでは先生、五つ繋ぐと五分の一で良いのですか」。すると先生は「良い」と言った。すかさず「それでは六十個繋ぐと六十分の一、すなわち一時間持つ電池も一分しか持たないことになります。三千六百個繋ぐと寿命は一秒しか持たない」「そう理解して良いんですか？」

それでも、中学まではまともに純粋な質問をしていた。が、高校になると曖昧に答える先生にはしつこく質問していた。先生が赤面すると、ますますつけ上がっていった。思うに、これって〝いじめ〟だった気がする。

僕はだんだん〝いけない子〟になっていった。

登下校

僕が少年だった頃、小学生の登校風景は今とは全然違っていた。思いつくままに比較してみた。学校は家から一キロメートル程の所にあり、歩くことに変わりはなかったが服装が違っていた。

当時は襟の付いた黒の制服を着て、学帽をかぶっていた。夏になると帽子に白いカバーを被った。現在、軽自動車の屋根が白く塗られているのと同じである。涼しくなると、白いカバーは外し、次の夏が来るまで仕舞っておいた。現在の黄色い帽子とは目的が全然違う。

二つ目の違いは通学路である。低学年の時は普通の砂利道を二十分かけて歩いた。遅刻しそうな時は畦道を通り、川を飛び、まっすぐ学校の裏へ出た。こうすると二百メートルは短縮できた。すなわち、僕にとって通学路は無かったようなものだった。

高学年になると意識的に直線コースを選んだ。このコースは桑の実やイチジクなどがあちこちに実っていて、ちょっと拝借できたからである。

しかし、中学になって同級生のテルオちゃんの話を聞き「負けた！」と思った。彼は味噌や塩（ダイコン、キュウリ、トマトにつけて食べるため）などを持って、家を出たと聞かされたからである。

今と決定的に違うのは、途中で糞がしたくなった時、いつでもどこでも出来たことである。この道は麦畑や桑畑・田んぼ、山かげがあり、場所に不自由しなかった。ただ、尻を拭く物だけは苦労した。多くは葉っぱを使うのだが、表面がツルツルしていて上手く拭き取れなかった。

このことで思い出すのは〝ママコノシリヌグイ（タデ科）〟という植物の名前である。命名した植物学者はどんな人か知らないけれど、ひどい偏見だ。

今と決定的に違うのが、登校する時と帰宅したときの挨拶の仕方である。朝は「行って参ります」。夕方は「行って参りました」と言うように教えられていた。

今の子はなんだ。出かける時「行ってきます」、帰ってくると「ただ今」だと。僕はいつも思う。「言葉が足りないだろう！『ただ今』がなんだ。それがどうした」と叫びたい気持ちにかられる。

僕は何時も母親と兄さんに「学校へ行かせていただく。行かせていただいた」そう教えてもらい、自分でもそう思って、十六年も学校へ通った。

この習慣は七十を過ぎた今でも、自然と口から出てしまう。家に帰って来ると、今でも「行って参りました！」と言う。

国語

僕が少年だった頃、最大の悩みは国語のテストだった。「国語さえなければ、受験をどんなに有利に進められたことか」。不利な戦いが僕を悩まし続けた。

高校受験は九教科だった。僕の稼ぎ教科は音、美、体、技の四教科。これらの教科はほぼ満点、社、数、理、英の四科もそこそこに稼いだ。問題は国語だった。国語以外の八教科で失う点数と国語一教科で失う点数はほぼ同じだった。

テストが返ってくる度に思った。「国語さえなければ…」。しかし、国家が存在する以上、その国の言葉はかならずある。言語を持たない国など何処にもない。

さて、これ程までに悩まされた国語、いつから嫌いになったたか。それは小学生にまで遡る。当時、お母さんに悩みを打ち明けていた。「算数は式の原理を一つ学ぶと、その後一週間は勉強しなくても済むのに、国語は毎日勉強（漢字の読み書き）をしなくてはならない。だから、国語は嫌いなんだ」

その時お母さんが「そういうものじゃない。これこれ、こういう訳で国語は大切なんだから、毎日しっかり勉強しなさい」と言ってくれていたらなあと思った。

ところが教員になって二年目、ふとした事から文を書くのが好きになってしまった。担任していた生徒に配布した詩集「ゆく夏を惜しむ詩」「よろこび」を立て続けに発表した。第三作は「感激を求めて」であった。

そのどれもが数枚の冊子であったが、人生の転換期になった。以後三十年の間に五十冊以上創った。

人生七十年、こうして振り返った時、僕はテストに拘り過ぎていたのではないか。「文中の〝あれ〟や〝それ〟はどこを指すか」とか「段落はどこからどこまでか」とか「作者の言いたいことは何か。五十字以内にまとめなさい」という質問に過敏になりすぎていたのかもしれない。

読書をしたり、他人の話を聞いたり、自分を表現するなど、国語本来の楽しみを追求する余裕を持ちたかったと思う。

人生も終わりに近づき「やっと気付いた」。

カレーライス

僕が少年だった頃、多分小学五年生だったと思う。調理の時間にカレーライスを作った。カレーはその独特の色、黄色く染まったジャガイモ、ニンジンの赤、暖色系だけで変化がなかった。そこで班の人達に提案し、出来上がる直前に細い青ネギを入れることにした。すると黄土色の中に白と緑色が浮かび上がった。

先生が近づいて来て「これは良い彩り、美味しそうだね」と言って褒めてくれた。こんな些細なことでも、子供は六十年も覚えている。

最近、忘れかけていた〝褒める〟事の大切さだ。この数年、縁ある人に本を差し上げているが「地位が高く、優れた人だな」と感じる人ほど褒め方が上手い。

ビー玉

僕が少年だった頃、子供たちの間には小さな賭け事が流行っていた。ビー玉、ベーゴマ、そしてパース（ほとんどの地域ではメンコと言う）である。

ベーゴマ以外の二つの遊びはすっかり廃れてしまったが、ベーゴマだけは細々と続いている。数十年前の少年たちが昔を懐かしんで、ボランティアで教えているからである。とは言え、ボランティアおじさんもジリ貧で、そう遠くはない時期に絶滅するだろう。

パースは絶滅種、ベーゴマは絶滅危惧種。だが、どっこいビー玉だけは形を変えて復活し、脚光を浴びている。カーリングである。ルールはビー玉と全く同じ。当時の少年たちは庭に丸や三角、星型に線を引き、決められた所から枠の中に入れたり、当てて相手を弾き飛ばしたりした。違うのは大人が金をかけて、氷の上で大きな玉を滑らせるところである。しかもオリンピックの競技にまでなっている。

全てのスポーツは自分との戦いではあるが、それだけでは面白くない。どんなに努力をしようとも相手が絶対的な力を持っていては勝負にはならない種目がある。

一方、相手（敵）に意地悪をする競技は面白い。カーリングを持ち出すまでもなく、年寄りに熱狂的な支持を得たゲートボール、一時は殺人まで起きたが、技術は下でも〝まぐれ〟と敵の邪魔ができる面白さがある。カーリングはその意地悪さが興味を引くのだ。

問題も多い。オリンピックのマイナースポーツの選手たちが「僕達の競技にも目を向けていただきたい」と言うことである。例えばリュージュ、スケルトンなど、それは無理というものだ。

競技人口に目を向けてみよ。陸上百メートルやマラソンは距離の長短こそあれ、世界七十億の人々が一度は挑戦する競技である。スケルトンなど日本全国に何人いるか。カーリングとて同じこと、たかだか数人、数十人の競技である。人によってはオリンピックに出たくて、選手のいない競技に転向した人もいる。金メダルにも価値の重いものと軽いものがある。

台つぶし

僕が少年だった頃、男子も女子も台潰し（馬跳び？　正式の名は覚えてない）が流行っていた。小学校高学年の男子が数人以上集まると必ず遊んだ。もちろん女子もやっていた。駆け引きと虐め（男の場合だけ？）も混じり、これ以上のスリルと体力・知力をかけた遊びはなかった。名前のとおり、乗った人の重みで台を潰さなければ面白くはない。何十年と続いてきた遊びの中の遊びであり、一番面白かった。

まず、ジャンケンで台になるグループと跳ぶグループに分けられる。どちらも台になる順番と跳ぶ順番が決められた。台グループは立ってジャンケン勝負する人が一番、台の尻が最下位、跳ぶグループは一番から順に台に飛び乗るのである。

台の一番は壁に背をつけ、跳んで来た最後の人と特別ルールのジャンケン。「今で言うあっち向いてホイ！」。当時はベテベテ（パー）、クーロ（グー）。クロクロ、ミッキ（チョキ）。ミキミキ、ベッテ（パー）とグー、チョキ、パーを適度に交え、相手を引き込む。相手と同じ手を出すと負け。違う手を出しジャンケンに勝つと攻守交代となる。とてもリズムの良いジャンケンであった。

　折角、台の一番の位置に立てても、負ければ一番後ろの台にされる。跳ぶ人もジャンケンで負けたり、途中で落ちたりすれば台の最後にさせられ、一からの出直しとなる。

　馬（台）に飛び乗る人は最初の人の裁量に左右される。最初に浅く跳び乗れば、台の後につく二・三人は数人の重さで潰される。それでは何回やっても前に進めない。飛ぶ人も最初の人が浅く乗ると、最後の人は乗り越えられずに崩れ落ちる。

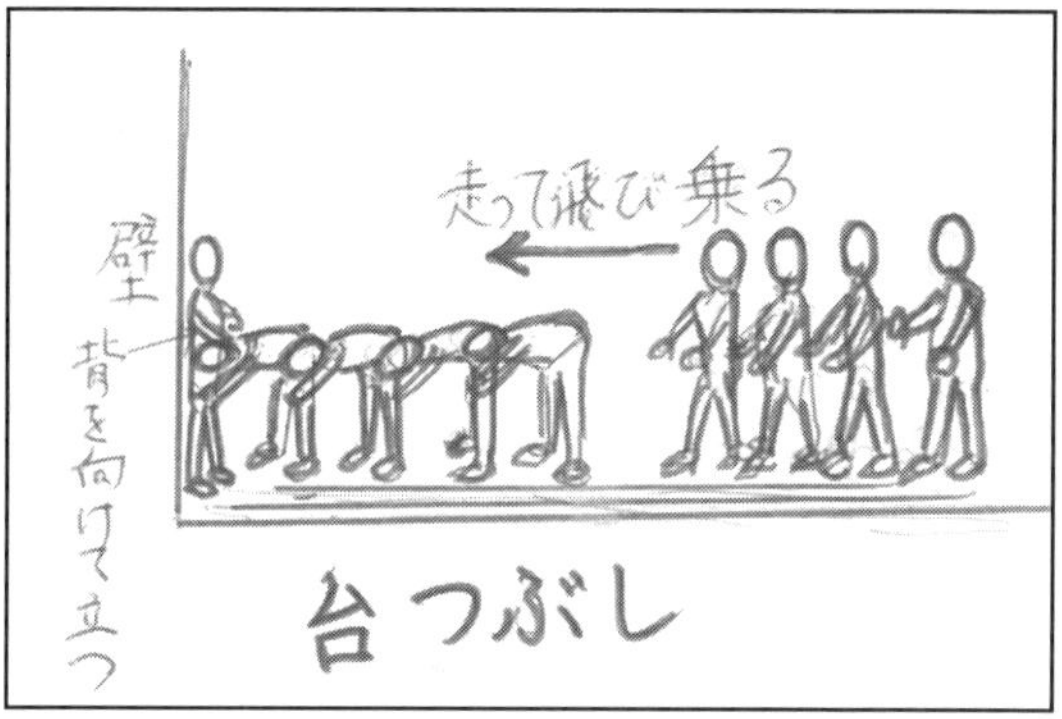

　悪ガキは相談して「あいつを潰そう」とか「あいつを跳び乗れないようにしよう」と企む。狙われた人は災難である。女の子たちはそんな企みはしなかったろうけど、この企みが今の学校で表面化したら、悪ガキは生徒指導室に呼ばれたり、毎週不登校の児童・生徒が発生したり大変な事件になっていたろう。当時よく怪我と不登校がなかったものだと感心する。

「君はどっちだ?」と問われると「あまり司令も出さなかったが、うまく立ち回っていた」ことは確かである。この遊びはご多分に漏れず禁止された。

僕達を最後に、禁止させられた遊びは数知れない。

天才少年

僕が少年だった頃、冬になって、何日も同じ方向に風が吹き続けると疑問が起こった。特に季節風の頃は風の行き先よりも「風上の空気がなくなってしまうのではないか」という考えだった。

二つ目の疑問、ある日の午後、遊びから帰って来る途中、夕日が背中を照らし、長い影が伸びていた。その時「光ってなんだろう？」これだけ毎日光が来ているのなら「地球は大きくならないのだろうか、もし物ならば、重くなっても良いし、光が粒ならば何処かに証拠のものが落ちているのではないのか」。

そう思って足元を探したことがある。大学生になって量子力学を学んだ時、アインシュタインが光の量子性を発表したことを知った。波動説は浮かばなかったものの「もし、アインシュタインより僕が早く生まれていたら…」なんて有りもしない妄想をしたのである。

その実、大学時代の僕は複雑な微分積分、相対性理論が全く理解できず、最近まで夢に出てくるほど苦しんだのである。

三つ目は小学校低学年だった。我が家はキリスト教でもないのに、サンタクロースが毎年来てくれていた。寝室には階段があって、姉が「サンタが来るから靴下を下げて置くように」と教えてくれた。

次の朝、目を覚ますとキャラメルが一箱入っていた。不思議だった。僕は姉に問い質した。「サンタはどこから来たのか。二階というなら姉は気付かなかったのか。サンタは鍵がかかっていても入れるのか」など。

十五歳年上の姉が毎年、キャラメルを用意してくれていたのである。

サンタクロースの姉と、小学一年生

危険な遊び

僕が少年だった頃、遊んだ場所の多くは神社の境内だった。ここには広場もあり、蜜の吸えるツバキの木もあった。サクラ（桜）の木はセミもたくさん捕れた。梅雨があけると最初はニーニーゼミ、次はアブラゼミ、続いてミンミンゼミとなり、秋が近づくとツクツクボウシが鳴いた。桜の木に一番セミが集まった。カブトムシやクワガタの好むクヌギもあった。

クヌギの樹液にはオオムラサキも集まり、カナブンやカミキリムシなど多くの種類が集まった。昆虫採集を毎年していた僕には、動き回らなくても採集出来る格好の場所だった。しかし、この場所には招かざる客がいた。クマンバチ（熊蜂、スズメバチの俗称）である。このハチはいつも僕達の遊びを遮った。神社の境内には枯れ罹った桜がある。そのうろ（空洞）にはクマンバチの出入り口があった。

僕はこのハチに仕返しの作戦を練った。穴は幹の近くの地表面にあった。そこへ大きな石を運び穴を塞いだ。僕は得意気に〝してやったり〟と手をパチパチと叩きながら、その

当時の遊び着、後ろに神社の鳥居がある

場を去った。

何日かして、様子を見に行くと近くに穴を開け、何事もなかったかのように出入りしていた。「チクショウ、次はどんな手で攻めるか」。作戦隊長は考えた。「ヨシッ、今度は穴に水を流し込もう」

こうしてバケツの水を流し込む作戦を敢行した。ところがこの作戦は上手く行かずに、ハチが一斉に飛び立ち、僕は額を刺された。六十年以上前だが、その痛さは忘れられない。

時間が経つにつれ、腫れは下がってきて目の周りから頬まで赤く腫れ上がった。僕は復讐をするどころか、返り討ちにあってしまった。

この話を聞いた大人たちがハチを退治してくれた。腐っていた桜の木は掘り起こされた。根元には大きな空洞があり、数段の巣が出てきた。

小さいときの遊び〝原体験〟は次の世代にも継承したいが、この遊びだけは真似させる訳にはいかない。

兄たちの口癖

僕が少年だった頃、そして現在も兄たちは会えば必ず、口癖のように言うことがある。戦時中の空腹の思い出である。十一歳年上の兄は〝空腹〟というと決まってカボチャの話をする。

ある日の夕飯のおかずはカボチャ一切れだったという。「これじゃあ、腹が一杯にならない」と言ったところ、父に「井戸に行って水を飲んでこい！」。

十三歳年上の兄は渋柿の話「あまりに腹が減って眠れない。そこで近所の柿を失敬して食べて寝た。この場合、腹の足しになりさえすれば甘さなどどうでも良かった」という。

十七歳年上の兄は勤労奉仕。飛行場で働いているとグラマンの機銃掃射を受けた。操縦士の顔まで見えるところまで降りてきて狙われるのだから怖かった。弾が地面に当たると土煙と火花が飛び散った。弾に当たって死んだ人もいた。

この時の恐怖がアメリカへの憎悪となって、以後七十年間、彼の脳裏から消えることはなかったのである。

三角ベース

僕が少年だった頃、神社の境内で少年たちは三角ベースをした。近所の子だけでは野球をするには十分な人数が集まらない。そこで少年たちは話し合ってルールを作った。

二人ならキャッチボール。三人なら三角にボールを投げあう。それ以上集まれば投げて打つ野球になるが、人数が少ない場合、キャッチャーは攻撃側が受け持つ。ベースは一塁だけで戻ってくる。数が多くなると三塁側にベースが増やされる、いわゆる三角ベースである。

同じ大きさの子供が揃えば十分遊べるが、幼児から小学校の低学年、さらに高学年まで交じると特別なルールが必要になる。幼児がバッターの場合にはピッチャーはそばにより、ボールをそっと転がせて打たせる。

小学校低学年でも近くに寄り、下から投げて打たせる。決して三振を取るためではなく、打たせるのが目的であった。幼児は〝ミソッカス〟と呼ばれ、アウトカウントに入れない特別ルールが使われた。

上級生同士となると真剣勝負となる。ゴムボールなので危険はない。バットは自分で木を削って作ったこともあるし、竹バットの時もあった。こうして隣近所の子どもたちは年代を超えて一緒に遊んだ。

口うるさい指導者がいてどなったり、スクイズをさせたりはしない。その場に応じた工夫で切り抜けたのである。

こうして少年は育っていった。だから、ボールが上手に投げられない、みっともない男の子はいなかった。

学校では新学期が始まると体力測定が始まる。その様子を見ると面白い（情けない）現象に気づく。男の子が右足を前にしてボールを投げる光景である。

女の子なら珍しいことではないが、男子の場合、笑ってはいられない。五十年前なら笑われて、いじめの対象になったかも知れない。

なぜ、見るも無様な少年が増殖したのか。それは子供たちが自由に長時間遊びが出来なくなったことと、サッカーの隆盛がある。サッカーは「五分で遊べる、ルールが簡単、ボール一つで済む、何人でも遊べる、道具も場所もいらない」という長所がある。

その点、野球は不利であるが〝投げる（右手）、取る（左手）、打つ（両手）、走る（足）〟

というバランスのある手足の運動能力が育つ点は比較にならないほど有利である。

村祭り

僕が少年だった頃、地元の村には地区ごとに小さな祭りがあった。七月十五日の風祭《かざまつり》、子供たちは〝おしっさま（お獅子様）〟と呼ぶ。もう一つが八月十七日の灯籠祭である。

〝おしっさま〟は大人が二人一組で獅子をかぶり、丸貫の全家庭（六十軒）を一軒一軒周りお祓いをする行事である。子供たちはその後をついて回り、わずかばかりの〝お包み〟を貰って歩く。

一周りすると神社の境内で〝ずり込み〟という、獅子が激しく舞う儀式があった。獅子が自分に近づいてくると恐怖で逃げ回ったのを覚えている。子供たちは○○さんは上手だとか、△△さんは怖いとか評価し合った。

当日、祭りは丸貫と下砂だけだったが、二つの地区は男子が多く、皆早引け（早退）をした。僕は何時も「学校の授業をちゃんと受けるように」と言われていたが、男が十人も早退すると言うので、何となく早退してきた。家に帰ると叱られた。でも言い訳だけはした。「だって、丸貫と下砂が早退すると十人以上がいなくなり、授業ができないんだ」

もう一つは灯籠祭である。

村祭り

♪村の鎮守の神様の　今日は楽しいお祭り日
ドンドンヒャララ　ドンヒャララ
ドンドンヒャララ　ドンヒャララ
朝から聞こえる笛太鼓

この歌詞さながらに、神社には旗が立てられ、太鼓の音が響いた。夕方になると〝ソワソワ〟した。浴衣に着替えて、庭へ出たり入ったり。神社の境内には数軒の夜店が並んだ。小さい時はいつもゼンマイの自動車を買ってもらった。

しかし、食べ物は一度も買って貰えなかった。母は「赤痢や疫痢になったら困るから、夜店のものを絶対食べてはいけない」と言っていた。僕の夢は「一度で良いから夜店で買って食べたい」だった。この点、母は厳しかった。今でも自分では買わない。

灯籠の日は神社の境内の木に、長い紐をかけ大きな白い布が張られた。野外映画会である。膜にはセミがジージー、ギーギーと飛び回った。

俳優は片岡千恵蔵、大河内伝次郎などの記憶がある。映画は鞍馬天狗、大菩薩峠、笛吹童子だった。はっきり覚えているのは映写面に雨のような線の入った映像とザーザーという雑音だった。

当時、少年たちの心を踊らせた村祭りもいつしかなくなり、町の大きな祭りだけが盛大に行われる時代になった。

僕は現代のお祭り事情を見るにつけ、小売店を守るお爺さんとお婆さんの姿を思い出す。妻は昔、自分の子供を小売店（魚屋、八百屋、雑貨屋）に連れて行った。あれから四十年たった今、同じように孫を連れて行く。

孫に話しかけるお爺さんとお婆さん、間に入って話を繋ぐ妻。そこには個人経営の店でしか出来ない会話がある。僕はそれができる妻を誇りに思う。

小さなお祭りがなくなり、有名な祭りだけになっていくのは、小売店がなくなり大型スーパーだけが繁盛する今日と、ダブってしまうのだ。

スギ花粉

僕が少年だった頃、スギ花粉という言葉は聞いたことがなかった。現在は二月に入ると、花粉アレルギーに振り回される。妻は花粉症なので、僕は二月から四月まで洗濯物も布団も外に干さない。花粉をできるだけ家の中に入れないためである。妻を気遣う生活が二十年も続いている。

原因は「生活環境がきれいになりすぎたこと。行き過ぎた抗菌生活になり、耐性がなくなったこと。抗体の訓練がされない状態での花粉の増加が過剰反応を起こした」と考えられている。

最近の研究成果を見ていると、いろいろな説が出される。外国では農家や酪農をしている家の子はアレルギーになる率が低い。これは牛馬の手入れをする両親のそばで抗体を身に付けて育つからである。

アメリカでのアレルギーの研究者はイヌやネコを土足で家に入らせ飼っている。適度の汚れや細菌が常に家の中に入ってくるようにしているという。千葉大の医学部では組織的

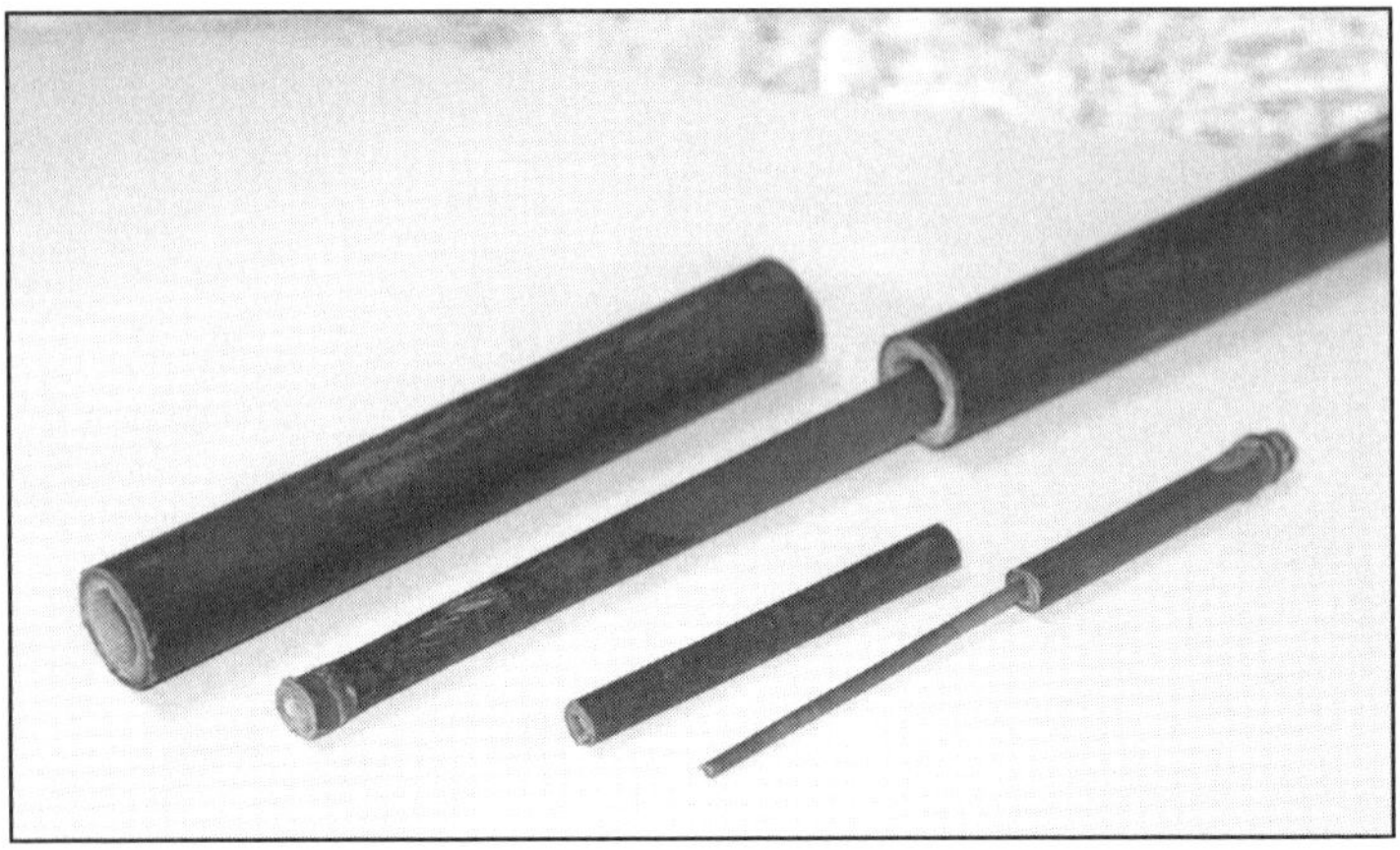

二種類のシノ鉄砲

にスギのエキスを舌下に処方し、数年かけてスギアレルギーを治していると聞く。

「自分は?」もちろん花粉アレルギーにならない自信がある。僕はそんな抗体への耐性訓練なぞ、小さいときから十分にやってきた。

母と物置にある部屋に寝ていたが隣は牛小屋だった。牛の糞尿の音が聞こえただけでなく、時には堆肥の積み替えも手伝った。牛の体の毛の手入れもした。脱穀作業も手伝った。飼い葉(小さく切った乾燥藁と小糠、うどんの茹で汁、米のとぎ汁)を混ぜた餌をくれるのも手伝った。牛馬は生活の中にいた。そして何よりの自信源は〝ピチピチ鉄砲〟遊びである。

この遊びはスギの花粉がぎっしり詰まった粒を玉にした〝超小型の鉄砲〟(図中下の小さい方の篠鉄

砲）を作って打ち合うことであった。玉は直径一ミリ、長さ三ミリ程度なので、ジャノヒゲや紙を丸めた鉄砲に比べ作るのが難しい。玉は遠くへ飛ばないため、敵の後ろから近づき、花粉の玉を首元に狙って撃った。スギ花粉はもちろん、エキスも一緒に飛び散った。

少年時代の体験が花粉アレルギーにはならない自信の根拠である。

共同ぶち

僕が少年だった頃、当時もいじめは多かった。最近〝いじめ〟のことで世を憂える人が増えている。それは当然なのだが「昔はいじめはなかった」の言い分はそれ自体が間違っている。

戦時中、兄は旧制松山中学に通っていた。当時は〝第八中学〟と呼ばれた。ナンバーのつく学校はレベルが高いはずなのに、上級生のいじめは酷かったと言う。

兄は絶対にいじめには加わらなかった。もしも短絡的に加わったら「次に入ってくる弟たちがやられる」のは目に見えていたからである。

中学四・五年生が下級生をいじめるのだから、簡単である。目をつけられた生徒は毎日ヒーヒー、ヒーヒー泣いていた。先生は？　全くの知らん顔だった。戦時中の学校の様子を語れる人は少なくなり、美化する輩が増えているのと重複する。

戦前・戦中を美化し「あの時代を美しい日本」とか、教育勅語の本質を考えず、徳目だけ見て「良いことだって書いてある」とほざく連中は、子供の未来を「良くしよう」など考えていない。そんな集団の言い分に騙されるようでは日本の将来は危ない。

さて僕達の時代はどうだったか。やっぱりいじめっ子はいた。いじめっ子が「弱いものをかばったり、仲間に入れたりした」と言う。それは過去を美化したい、人生の終末期の人達が言う言葉であって〝ウソ〟である。

だが、現在のいじめと決定的に違っていたことがある。弱い者同士が知らん顔したり、取り巻きが事実を隠したりしなかった。いじめっ子が上級生になると、弱いものたちは敢然と立ち上がった。僕たちはそんな上級生たちを見て育った。だから、いじめられながらも「いつかは見ていろ」と耐えてきた。。

それは厳しい年貢を取り立てられている農民が、ある日突然、代官や庄屋に立ち向かった百姓一揆と似ている。一年生の時から体格が良くて横暴だったいじめっ子に、クラス全員が立ち上がったのである。

前日まで意のままに振る舞ったいじめっ子も、一斉に取り囲まれ、泣きながら家まで逃げ帰った。いじめられっ子達の団結は強かった。いじめっ子を追いかけるさまは壮観だった。

子供達はそれを〝共同ぶち〟と言った。次の日からは何事もなかったような平穏な日常に戻った。それまでのいじめっ子だけはひとり静かにしていた。

共同ぶちは毎年あった。ところが僕達を最後に、先生の指導が入って禁止された。僕たちはいじめっ子に仕返しをした最後の小学生だった。六十年たった今、別の意味で「あの頃は良かった」と断言できる。

運動会

僕が少年だった頃、運動会に良い思い出はない。徒競走で一番になったのは小学一年生のときだけだった。

なぜ、そのときだけ一番だったのか。「ヨーイ、ドン」でスタートは切られるが、僕は一瞬早く飛び出したのである。ところが、先生は制止もせず五十メートルを走らせてしまった。オリンピックならば確実に失格である。六十五年経った今も、何となく気まずい思いが残っている。以後、一位になったことは一度もない。どんな時も良くて二番、ほとんどはそれ以下であった。

最も記憶に残る悪夢は六年生のときの〝字《あざ》別リレー〟。僕の所属する〝大字丸貫〟は強豪チームだった。ところが六年生だけは走りの得意な男子がおらず、選手の集合時間になると皆、雲隠れした。

一人取り残された要領の悪い僕が捕まった。選手となり、アンカーで走ることになった。いよいよ競技が開始されると、予想通り丸貫チームはトップで来た。

しかし、先頭を走る僕に迫ってきたのは大和田チームだった。しかも、そのチームの選手はクラスで一番体力のあるケイゾウさん。猛然と鬼のように迫る。襲いかかるように手をかき分けるがごとく左右に振ってきた。コーナーを回りきらないうちにケイゾウさんに捕まった。

パーン。それは一瞬だった。バトンは叩き落された。それを拾いに戻っている間に、他チームの選手は皆駆け抜けた。丸貫チームは一瞬の間に天国から地獄へと突き落とされた。でも、僕に文句を言う人はいなかった。なぜなら、他の五人は皆逃げてしまったのだから、文句を言う資格はなかった。

それだけが救いだった。かくして最も記憶に残る〝悪夢〟の運動会は終わった。それを最後に、東第一小学校を卒業した。

次の年、丸貫のリレーチームが優勝したことを風のたよりで知った。

ソフトボール

僕が少年だった頃、現在のようなクラブチームなどなかった。小学生は唯一ソフトボールをしていた。

僕は始業時間ギリギリに登校するので、朝練に加わることはなかった。放課後行われる練習は全員参加なのが辛かった。二軍のライトの補欠、出場するあてがないので、座って出番を待っていること自体が退屈だった。

お情けで出してもらっても出塁することは殆どない。なにしろ一軍のピッチャー・ケンちゃんのボールは速く、ほとんどバットに当たらなかったからだ。試合はいつもラグビーみたいな点数で負けた。

そんな試合を見ながら、二軍の補欠の僕は思った。「たまにはケンちゃんとキャッチャーだけは二軍チームに入れ替えて投げさせれば良いのに」。そうすれば二軍の僕達にも打てる機会がある。一軍のバッターも速い球に慣れるじゃないか。

ソフトボールの締めくくりは、東西南北と東第二小学校の五校による対抗戦であった。

僕達の東第一小学校チームは初戦で北小に負けた。北のカトウくんの球をほとんど打てなかった。日頃の感は的中した。

もう一つ疑問に思っていたことがあった。ケンちゃんはピッチャーで打力も一番あった。先生はそのケンちゃんの言い分を聞き入れて、九番バッターにした。それはおかしいと思った。プロ野球の真似をしてケンちゃんを九番にするなんて、もったいないじゃないか。それだけ打つ機会が減る。先生はなぜ、それを許したのか。

今となっては遅いのだが、今の僕なら先生に進言しただろう。それにしてもピッチャーのケンちゃん、ショートのノブヤくん、三塁のマサルくんは守備だけでなくバッティングも光っていた。

全員がソフトボールなので、どんなスポーツをするか選択の余地はなかったが、今になって〝良かった〟と思っている。六十年前の男の子は全員(下手な僕達でさえ)ボールを投げられ、子供や孫達とキャッチボールが出来るからである。

男女共通の遊び

僕が少年だった頃、近所に住む遊び仲間に粋がるガキ大将はいなかった。いつも女の子たちと遊んだのがお手玉である。僕はお手玉を四つまで操った。お手玉をしながら歌った歌詞は今でも覚えている。

♪一番初めは一の宮　　二また日光中禅寺　　三また佐倉の宗五郎
四また信濃の善光寺　五つは出雲の大社（おおやしろ）　六つ村々鎮守様
七つは成田の不動様　八つ八幡の八幡宮　九つ高野の弘法（こぼう）様
十は東京泉岳寺
♪武男が戦争に行く時は　　白い真白いハンカチを
打ち振りながらもねえあなた　　早く帰ってちょうだいね
ごっこう　ごっこう出る汽車は　　武男と浪子の別れ汽車
二度と逢えない汽車の窓　　泣いて血を吐くホトトギス

当時はなぜ「武男と浪子」なのか、なぜ「泣いて血を吐くホトトギス」なのか、意味は分からなかった。とにかく感覚で、夢中でお手玉をしていた。

ここまでは今でも覚えているが、残りの部分の記憶は定かではない。六つ玉を操る姉たちの手は魔法使いみたいだった。

次に多くの時間をかけて遊んだのが〝手まり〟。当時、僕たちが歌った手まり唄は以下の内容である。

♪あんたがたどこさ　肥後さ　肥後どこさ　熊本さ
熊本どこさ　船場さ　船場（仙波）山には　狸がおってさ
それを猟師が　鉄砲で撃ってさ　煮いてさ　焼いてさ　食ってさ
それを木の葉で　ちょいと　隠（かぶ）せ

歌詞を正確にするために、インターネットで調べたところ、これは川越の仙波という説が有力だという。肥後には船場山はなく、熊本から来た官軍の兵士に子供が聞いているという設定である。タヌキというのは徳川家康だという。（徳川家康の墓を静岡の駿府東照宮から日光に移す前、川越の仙波東照宮で大法要が営まれたことから川越には家康公〔タヌキ〕が住んでいると、伝えられていた）

かなり熱心に遊んだのがゴム跳びである。この遊びも段階を踏んでいて幼児から小学生、中学生までが一緒に遊べた。

ジャンケンで負けた二人がゴムの両端を持ってヘビのように泳がせ、それを踏まずに飛び越えることから始まる。くるぶし、膝、腰とゴム紐の高さを上げ、最後は背伸びして高くする。

飛ぶ人は高さに応じて、半ひねりして飛んだり、そのまま高飛びのように飛んだり、ゴムを掴んで飛んだり、側転をして足をゴムにかけて飛んだり、身長や発達に応じて、いろいろな飛び方をした。当時の僕はその飛び方のすべてができた。今でもできる。

僕はこの器用さが日本の文化を創ったと思っているが、ＩＴ技術で世界に遅れを取った原因でもあると考えている。不器用で細かい手仕事では太刀打ちできない人間がコンピュータを発明し、活用しているからである。

兄さん

僕が少年だった頃、確か三歳だったと思うが、母に「これからは兄さんと呼びなさい」と言われたことを覚えている。十七歳年上なのに、旭（あきら）と呼んでいたらしい。

学校に提出する家庭調査票の保護者欄に、兄の名前を書いたこともある。母は決して「勉強しろ」とは言わなかったが、兄には言われた。弟の分まで責任を負っていたのだろう。だから一口に兄と言っても、他の兄たちへの印象とは異なる。兄は生き残った男五人の中で一番苦労をしてきた。戦時中、当時の松山中学、現在の松山高校まで片道九キロを歩って通っていた。冬は暗いうちに家を出ないと間に合わなかったと言う。通り道の人たちも、その姿を見て「随分勉強の好きな子がいるものだ」と感心したという。

そのくらいだから、百姓はしたくなかったらしい。戦時中は軍需工場で働かせられ、グラマンの機銃掃射を受けた。完全に軍国少年に育てられていて、少年航空兵にも応募したと言う。

一人っ子の友達は応募用紙を提出しても、突き返されたが、兄の願書はすぐに受け取ったという。幸い航空兵になる前に戦争は終わって、戦場へ行かなくて済んだ。もし戦争が続いていたら、我が家はあと2～3人戦死していただろう。

しかし、昭和二十年の四月に長男が戦死したので、兄さんが家を継ぐことになった。当時、教員の給料は米二升しか買えなかった。家族が食い繋ぐためにはそれしか道が無かったという。

兄は昭和二十年代まではよく愚痴っていた。しかし、結婚をして、子供ができた頃から、愚痴は言わなくなった。何と言っても百姓の仕事は大変。夏場の労働時間は十二時間を超える。イチゴは現金収入になると言っても、朝から晩まで腰を曲げての仕事である。

十七歳年上の兄さんと（昭和二十七年）

よく腰が曲がらなかったと思う。しかし、隣近所の八十代の女性はみな同じ体型になった。兄は「出来ることなら、土地も財産もいらない、自由になりたい」と、こぼす時期があった。理由はよく分かる。

昔は近所の人が死ぬと隣組の若い衆は土葬のための墓掘りをした。残った弟や妹の結婚式、その親の葬式、十人以上いた父方と母方のおじさんとおばさんの葬式、五十人以上いる従兄弟の葬式、数えると百を超える。

彼は葬式の知らせを受けても、弟達には知らせず自分が酒井家を代表して出席していた。

そんな兄が亡くなった。

5

少年時代

（中学時代）

農業用水

僕が少年だった頃、農家の人は田んぼに張る水を、川（用水路）から汲み上げた。僕の知っている二十年の間に、技術は次々と進歩した。そのすべてを見て育った。

六月に入り苗代に水を引く頃になると、用水路には新しい水が流れてきた。すると村には活気が出てきた。子供心にも「いよいよ田植えが始まるのだ」と思うと、心が踊った。

小学生の低学年の頃はスイコと言う筒を用水路に入れ、大人が引いて水を汲み上げた。竹筒の水鉄砲と逆の原理、二十センチ四方の筒で汲み上げたのである。

この方法は二千年前からエジプトで使われていたという。多分、この地区でも数十年にわたって使われてきた方法だろう。

中学時代に足踏みの水車が取り入れられた。両端の支えに掴まり、水車を踏み続けるのである。その様子はまるでカゴの中を回り続けるハツカネズミのようであった。延々と一時間、二時間と踏み続けるのである。

僕が勉強の合間に休憩していると、兄は「遊んでいるなら、水汲みをしてくれ」と言いつけた。「いま休憩中なんだ」とも言えず、二時間位は水車を踏み続けた。踏む位置が高過ぎると回る速度が下がり、効率が落ちる。下がり過ぎると猛スピードになる。そうなると下に落ちてしまう。その頃合いが難しい。これは良い運動になった。延々と登山をしているのと同じだからである。

やがて、バーチカルという、モーター内蔵の汲み上げポンプが導入され、人力から開放された。それでもこの段階では川の水は利用されていたので、水質と川の生態系は保たれていた。僕たちがザリガニ釣りや魚釣り、かい掘りをしたのもこの時期の川である。

やがて、井戸が掘られた。モーターとポンプが地下水を吸い上げる時代になった。農家の人は労働が軽減された。ここで地下水の汚れに気づくようになった。吉見は地下水の水位は高い。数メートル掘っただけで容易に汲み上げられるのだが、鉄分が非常に多かった。汲み上げられた水は一時間もしないうちに、透明度ゼロ（ドロドロの黄土色）に変った。

やがて共同の深い井戸から、各農家の田んぼに自動的に流れ込むコンクリート用水路に変わった。水に関する長年の農家の労苦は全て解決された。「目出たし、目出たし」と思えた。

ただし、地球環境という観点に目を移すと、この方式には大きな欠点が生まれた。かつて風呂の水として使え、カワセミやホタルが住む川は水の供給という重要な役目を終え、単なる排水路になった。農薬で動物は住処を追われ、洗濯機から流される合成洗剤で白く濁った。現在は更に追い打ちをかけられ、三面コンクリートに囲まれた水は黒く濁り淀んでいる。

昔僕達が釣ったフナやタナゴはもちろん、エビガニも完全に死に絶えた。

初恋

僕が少年だった頃、僕にだって初恋はあった。一般的に同級生同士の恋愛は男子は背が高く、運動神経が良く、ユーモアに富んでいて、クラスの人気者なのが条件である。

僕の場合、この条件はどれも当てはまらなかった。身体は小さくて、運動は得意ではなく、落ち着きもなく、悪賢さだけは人一倍発達していた。だから普通にしていては女の子の気を引くことは出来ない。そこで周りの人に気づかれないように近づく方法を考えた。それは彼女に意地悪をすることだった。

傍らで困っているのを見るのが楽しみだった。当時そんな事をする僕をどう思っていたのだろうか。中学一年の時は同じクラスで席も近かったので、接する機会もあった。二年生になると隣のクラスになってしまい、話ができなくなった。

なんとか接点を持つ方法はあった。別教室に移動する教科の時間がチャンスだった。教室移動時は真っ先に彼女の席に座った。彼女の椅子に敷いてある座布団は小さくてもフワフワしていた。その席に座るだけで心は満たされた。

卒業して三年、彼女のことはすっかり忘れていた頃、学校の文化祭に来てくれた。僕は有頂天になり気が動転した。話もできなかった。それでも彼女は校舎の前で、一緒に写真を撮ってくれた。

何日か後にその写真が送られてきた。今でも大切に保管してある（ここには載せない）。僕は「彼女はきっと僕が好きなんだ」と思い込むようになった。そして、大学入試も終わり、卒業式が終わった頃、デートに誘った。

なんと応じてくれた。この頃が絶頂だった。汽車に乗って軽井沢のスケートリンクに行ったのに、手を繋いでリンクを回った記憶がない。一人で夢中で滑っていた。僕は一つのことを始めると、他のことを放り投げ夢中になってしまう（今日で言うKY）のが最大の欠点だ。どこかの食堂で昼食を摂ったはずなのに、詳しいことは覚えていない。午後は懐古園に行って城跡を散策した。この時も僕は島崎藤村になりきっていた。『小諸なる古城の辺り…』

高校三年生、校舎前の車回しで

『まだあげ初めし前髪の…』有頂天になっていた僕の頭はそれでいっぱい、手も繫がず何もなく初恋は終わった。

夏休みの宿題

僕が少年だった頃、夏休みの後半が怖かった。蝉の鳴き声はいつも不安を駆り立てた。八月十七日は灯籠祭。この日が来ると夏休みもいよいよ終わり、宿題も終わってないと本格的に焦りだすのである。それでも宿題には手がつかなかった。

小学一年の夏休みは最後の日を迎えた。僕は泣きながら兄たちの手伝いを期待していた。そんな弟を見て兄や姉たちは放っておけなかったのだろう。総出で水族館づくりを手伝ってくれた。

魚を作る人、色を塗る人、糸で天井に魚を吊る人、箱にセロハンを貼る人という具合に宿題はみるみる進んだ。二学期の最初の日、期限通りに提出できた。

僕は自信を持った。宿題なんて「人泣きすれば、すぐできるんだ」。次の年からは気楽に夏休みを迎えることが出来た。

中学生になってからの夏休みは午前中部活動、休む間もなくチョウを捕りに行った。チョウの集まる場所と通り道は大体決まっていた。僕は狙ったチョウが来るまでジイーッと待っていた。だから夏休み期間中、昼寝をしたことはなかった。

チョウを捕まえると胸部を指で抑え続けた。まさに息の根を止めるという行為である。昆虫は気門呼吸なのに、胸を抑えていたのである。

動かなくなるとホルマリン注射をして、二枚の板にピンを使って張り付けた。形が崩れたものは再度捕り直す。

こうして夏休みが終わるまでに数十四の蝶の標本を作った。当時の僕としては力作であった。九月になると吉見中学校では文化祭があった。理科の部門で僕の作った標本は金賞になった。村長賞で副賞は金文字の入った花瓶。当時の僕は鼻高々であった。

あれから五十六年、ずうっと疑問を持ち続けている。「村長賞は妥当だったのか。昆虫採集は金賞に値するのか」。なぜなら、箱に入れた標本は単なる死骸の陳列ではないか。そんなものは金賞に値しない。

金賞に推薦してくれた理科の先生に聞いて、その意義を確認したい。

少年の乱

僕が少年だった頃、正確に言うと小学六年の時、皇太子と美智子さんの結婚が話題になった。美智子さんの美しさと気品は別世界の人、憧れの的だった。「あんなに品の良い人がトイレに行くのだろうか」その疑問は未だ解けない。その時、中学校の部活動はテニス（軟式）と決めていた。

もちろん野球やサッカーではレギュラーになれないのは決まっている。柔道や剣道などのような闘争心もなかったので、中学から始めるもので、ヤワな僕にでもできるものはテニスか卓球しかなかった。

軟式テニス部員は思い出しても懐かしい仲間たちである。性格は良いが、おとなしく、練習は良くするが公式戦では結果を出せなかった。卒業してから五十年後、仲間の一人が中学時代の写真付きの名簿を送ってきた。あの頃のことが〝走馬灯〟のように脳裏を駆け巡った。

何しろ当時の吉見中生は丸刈り、体が小さく純朴で、まさに田舎の少年だった。だから松中生や小川中生は遠くから見るだけで眩しかった。試合の前にネットを挟んで挨拶をする。それだけで足がすくんだ。

そんな集団だったので、試合はいつも一・二回戦敗退と決まっていた。一方、女子は強くて、かなりの成績を残していた。担当の先生は男子を諦めて女子に力を入れていた。練習試合は何時も女子だけ連れて行き、男子は取り残された。この日は吉見中のコートで、女子だけ松中との練習試合をすることになっていた。ところが、松中は招待されてない男子も連れてきた。

僕は「試合を放棄しよう」と呼びかけた。しかし「せっかく遠くから来てくれた人たちに失礼ではないか」という結論に達し、試合をすることになった。

それでも僕の〝男のメンツ〟は収まらなかった。「こんなに差別を受け続けるのなら、テニス部をなくしてしまえ！」そう主張した。次の日、一人で学校の物置から万能を持ち出し、テニスコートを掘り返した「どうせ、三年前まで、ここは畑だったんだ」。

「テニス部の生徒が自分たちのコートを掘り返す」そんな例は全国を探してもないだろう。この時は先生も叱らなかった。

〝少年の乱〟は一日で収まり、次の日から何事もなかったような日常に戻った。あれから五十数年の歳月が流れた。

体罰

僕が少年だった頃、体罰は頻繁に行われていた。日本経済は〝もはや戦後ではない〟と言われ始めた頃、体罰に関しては戦時中の影が色濃く残っていた。

廊下掃除をしていると「バシッ　バシッ」というビンタの音が生徒指導室から漏れてきた。僕たちは気づかれないように、壁に耳を当て、中の会話に耳を傾けた。「また、やられている、今度は何をしたのだろう」。

ところが一転、火の粉が自分に飛んで来た。中学三年の技術の時間だった。僕はいつものように、後ろを向いて冗談を言っていた。先生が「サカイ！　前を向け！」。先生は近づいて、両手で僕の頭を持って、前に向けた。

僕はすぐさま、クルッと後ろに振り向き、言った。「あれ！　もとに戻っちゃった！」。先生は猛烈に怒って、ぼくの襟元をつかみ、教壇に引きずり上げた。そして、あらん限りの力でビンタをくれた。〝チョウミニ〟の僕は三〜四メートル吹っ飛んだ。

その出来事は家に帰っても話さなかった。言えば「お前が悪いことをしたからだろう」と、更に怒られるのが関の山だったからである。

あれから五十六年経つ。これまで、何度も思い出したが、そんなに強烈なビンタをもらうほど、悪かったのだろうか。多分先生の虫の居所が悪かったのか。あいつは生意気だから、いつか懲らしめてやろうと狙っていたのか。

もう一回は音楽の時間だった。ヘンデルのハレルヤコーラスだった。僕は「♪クーモルヤ、クモルヤ、クモルヤ、クモルヤ」と大きな声で歌った。この時はビンタではなく、一時間立たされた。（ハレルヤとはヘブライ語で感謝の喜びを表す言葉）

これだって、長時間立たせられるほどのことでもないと思うが、日頃から、お調子もんの僕は〝狙い〟を付けられていたのかもしれない。

今日、学校教育の中で、なかなか体罰がなくならない。僕も教員になって最初の学校では体罰を行なった。責任転嫁と言えばそれまでだが、戦時中の軍隊の影響が戦後の学校教育に、長く暗い影を落としており、体罰で育った生徒は体罰をする教師になる。

暴力と戦争は与えた方は忘れるが、受けた側は忘れない。体罰は次の校内暴力を生む。戦争は次の戦争を生む。日本の首相が唱えている〝美しい日本〟それは暴力がまかり通っていた戦前・戦中の日本のことである。

誤解してはいけない。

組み体操

僕が少年だった頃、組体操は体育祭の恒例行事だった。この種目は体格の良い生徒が中心で、身長の低い男子はいつも半端者、言い換えれば〝ミソッカス〟だった。こんな種目がある限り差別は永久不変の原理として続くだろう。

扇はもちろんのこと、ピラミッド、ブリッジ、塔などは身長の高い人から作り始めるので、僕たちはいつも〝かき集め〟だった。例えば十五人のピラミッド、大きい人達はいつも完璧なピラミッドが出来るが、小さい集団は数人で作ったり、三人で作らされたり、ひどい時は二人で並んで四つん這いになる（とても気まずい思いがした）。

扇にしても同じこと。大きい集団は三人グループだ、二人のときもある。一人で作る扇を想像して欲しい。

ブリッジはさらに惨めである。誰かが一人休むとあちこちに走らせられて、行った先で毎回違うことをさせられる。

保護者も、生徒も、先生も誰も文句を言わない。「誰か一人くらい文句を言ってくれ！

体の小さい生徒を半端者にするな！　同じ学年なんだからミソッカスにしないでくれ！　一人前に扱ってくれ！」。僕はそう叫びながら、指示された場所に走った。

小さい生徒がミソッカス扱いされるのは組体操だけではない。入場行進でもそうだ。四列縦隊で進むが大きい方から並ぶので、体の小さい生徒はいつも半端になり、後ろから付いてゆかねばならない。

それは仕方ないとしよう。ところが、教師として勤めたとき、忘れていた疑問が浮かび上がった。体育の先生が大声で叫んだ。「まっすぐ並べ！　前の人の頭以外、見えちゃだめなんだ！」

教師になって周りで補助をしていた僕は「それはないだろう」と思った。

体の小さな生徒は、自分より大きい前方の頭だけを見て、黙々と進ませる。「これが個人を尊重する民主国家の行進か。これでは体の小さい人たちは胸を張って行進できないじゃないか」。小さい人はうつむき加減に行進している。「学校教育はオリンピックではない。誰もが誇りを持って行進できる場にすべきだ」職員会議でくり返し主張した。

次の年からは小さい人を前にして行進するようになった。転任すると行進はいつの間にか、元に戻ったと言う。

自分が校長になったとき、早速、この形式を取り入れた。講話をする時、大きい人を前にすると前列の人の顔しか目線が合わない。小さい人を前にすれば、見える顔の数が違う。全体の子供たちと目線が合って、校長（教師）の意思が伝わり易い。そんなことは自明の理だ。

なぜ体育の先生（校長、指導者）は気づかないのか。彼らは早熟で体も大きく、運動神経が良かったので、僕達のような惨めな思いをしたことがないからなのか。教育者の意志を伝える大切さを考えるレベルに達してないからなのか。

そもそも組体操とはスウェーデン体操と言われ、規律や統率を目的としたものであったが、日本軍が巧みに学校教育に利用した。それが日本だけ長く続いた理由である。本家本元のスウェーデンではとっくに廃止された。思考する能力のない体育教師と教育の本質に気づかない校長が多い日本だけが続いている。

この種目『中国や北朝鮮には合っている』かも知れない。

不登校

僕が少年だった頃、不登校という言葉はなかった。昭和四十年代半ばに登校拒否という言葉ができた。五十年代に増え続けた。本人にしてみれば拒否しているのではなく、行こうすればするほど体が固まってしまう、感受性の強い子がなりやすいと言われている。

僕達が育った時代は学校へ行かないなど考えられなかった。なぜなら、どんなことがあろうと学校のほうが楽しかったからである。

昔、初夏と秋には三日ずつ農繁休業があった。田植え休みと稲刈り休みである。当時は二毛作だったので、初夏は麦刈りに続いて田植え。秋になると稲刈りの後、麦蒔きがあった。

小学校の頃まで、農家は「猫の手も借りたい」という表現がピッタリの忙しさだった。しかし、昭和三十年代も後半になると機械化と農薬の使用で、子供手は不要になってきた。

麦刈りを手伝っていると、麦の株間でヒバリが子育てをしていた。休憩時間にクワガタやカブトムシを獲ってもらった。家族旅行のない時代、一家が畑で弁当を広げるのは楽しかった。

しかし、クラスの中で農家の割合も減り、農薬は危険で子供は近寄れなくなった。地下水の活用で子供が水車を踏む仕事もなくなった。やがて農繁休業はなくなり〝子供は勉強だけしていれば良い。勉強だけが仕事〟という時代になった。

七十歳を過ぎて、このことを近所の知り合いに話すと「子供も幸せになったね」と言ってくれた。僕は「返って不幸になったんです」と言った。

僕のことで説明する。兄や姉たちはひと仕事してから登校した。下校すると暗くなるまで働かされた。ところが僕が中学生になると〝勉強だけしていれば良い〟時代になった。このため僕がどんなに良い成績を取っても、兄たちは「家の仕事をしないで、勉強だけしていれば出来るのは当たり前だ」と口を揃えて言った。褒めてもらったことは一度もない。

僕は不登校にはならなかったけれど、それって今日の子供の現状ではないか。

兄はよく言っていた。「学校へ行ったほうがよっぽど楽だ。不登校なんて、贅沢病。俺ならすぐ直してみせる」。

彼の言い分はこうだ。「朝は登校前に草刈りに行ったり、桑の葉を籠いっぱい摘まされたり、それを終わさなければ学校へ行かせて貰えない。学校へ行っている間のほうがどんなに楽かわからない」という。

昭和十三年九月一日、東吉見村は荒川の大氾濫で民家はもちろん、東小学校も水浸しになった。校舎は水に浸かり、浮き上がった机と椅子で天井は突き抜けた。机も椅子も当時は木製だったからである。

休校は続いた。一時は嬉しかったが、学校は一ヶ月始まらなかった。「休みが増えて良かった」と思ったのも束の間、来る日も来る日も仕事の手伝いをさせられた。家にいることがどんなに辛いか、兄たちは皆知っている。

〝兄さん〟その後

十七歳年上の兄〝兄さん〟。農家を継いで五十年、近隣のイチゴの生産農家の組合長になっていた。毎年、仲間は慰安旅行に行く。この年はハワイ旅行の話が進んだが、兄だけは反対した。話は変わって、僕たち男兄弟五人は還暦を迎えることができた。戦争もはるか昔となった。お盆で全員が集まり、気がつくと会話は戦争当時になっている。

還暦を過ぎた軍国少年たちの話題はそれ以外なく、僕だけは蚊帳の外だった。それでも他の兄たちは皆、現実を認め、現在の日本の立場を肯定していた。

その中で兄さんだけは当時の考えを頑なに変えられないでいた。徹底的に軍国教育を受け、軍需工場で働き、グラマンの機銃掃射を受けた。「将来は航空兵としてアメリカと戦う」。少年の考えは強固だった。

「ハワイに行くことは敵国にお金を落としてくること」。彼はハワイ旅行を拒んだ。「旭《あきら》さんが賛成してくれれば行けるんだから」。それでも首を縦に振らなかった。兄さんだけは軍国教育のトラウマから抜け出せず、一生を終えた。

6 少年時代（高校・大学時代）

衝撃

僕が少年だった頃、田舎の秀才だった。算数はほぼ百点、その日も自信満々で答案用紙を提出した。テストが返されて驚いた。0点だった。全ての引き算を足し算として提出していたからであった。

それでも小学校時代、算数には自信があった。先生と答えが違えば「それは先生が間違っている」とさえ思っていた。そんな田舎の少年が高校生になり、入学早々、実力テストに衝撃を受けた。

返された数学のテストが二十点、間違いなく二十点、英語は三十三点だった。中学に入ってからも数学のテストと言えば、百点に近かったし、英語もそれ程悪くはなかった。それが二十点。

ところが周りの人（富士見中、荒川中）は数学も英語も八十点、九十点だった。これはエライところに来てしまったぞ。これで進級できるのか。落第させられるかもしれない。内心穏やかではなかった。

今にして思えばスタート地点で、これだけ差をつけられていたのだから、取り返すのは難しかったわけだ。七十歳を過ぎて初めて気づいた。

たしかに僕は田舎の学校出身だ。塾へも行かずに先生の話をよく聞いて、教科書の問題は出来たが、難問には慣れていなかった。入試の成績はかなり上の方だったと聞いていたのに。

三十六年後にも同じことが起きた。昭和六十年代から県北の雄K高校の凋落は始まっていた。息子は凋落の始まった僕の母校を避け、埼玉県中央部のK高校に行くことにした。ところが、そこも僕の学校と全く同じことを繰り返していた。

ある日、息子は帰ってくるなり、得意気に言った。「僕は今日の数学のテスト、良かったんだぜ」。「へえ、良かったね。お前が自慢するくらいだから、百点？　九十点以上だろうな」。

ところがどっこい、六十二点だったと言う。「え？　そんな点で良かったと言えるの？」話を聞くと偏差値は八十近いと言った。平均点は十数点、半分はひと桁か0点だったと言った。

それから数年後、その進学校も我が母校のようにランクを下げた。僕は「当然！」と思った。田舎の秀才たちはすっかり自信を失って、理数系を諦める。「頭が良い」と思いこんでいた少年だけでなく、親たちも自信を失わせられ、青い顔をしていた。

この学校の入学式に行くと、式の後の保護者会で校長は言った。「この学校の生徒は浪人すると成績が伸びるんです。ですから、四年制の高校だと思ってください」。この時、僕は叫びたかった。『ふざけるな！　学校にいる間に学力を伸ばさないのは自分らの責任ではないか！』。その後、「こういう進学校の校長になるやつは碌でもない教員がなるのだな」と確信した。

そんな指導法で、伸びる芽を摘む教師の自己満足が続く限り、公立進学校の凋落は今後も続くだろう。

鉄棒

僕が少年だった頃、鉄棒は苦手だった。何の事はない。鉄棒、跳び箱、球技、すべて苦手だったのだ。高校に入学しても水泳は全くできず、夏休みの特訓を受けさせられた。だから、高校の通知表の体育はどんなに努力しても評価は5か6止まり（十段階評価）だった。それでも全て出来なかった訳ではない。

僕には自慢できることがあった。テストには強いことである。その証拠に〝蹴上がり〟と〝前回り〟は中学、高校ともテストの時だけは出来た。

テスト後も鉄棒に向かって練習をしていた。この時、物理で学習した角速度の公式が閃いた。「あっそうだ」僕はすぐ試した。スッ！　前回りはあっという間に「できた！　やった！　僕は物理の公式を鉄棒の技術に活かせた」。それからは何度やってもスッと出来るようになった。

原理はこうである。〝v＝rω〟に於いて、v（速度）が一定の時、r（半径）を小さくするとω（オメガ、角速度）は大きくなる。すなわち、重心から中心までの距離（r）を小

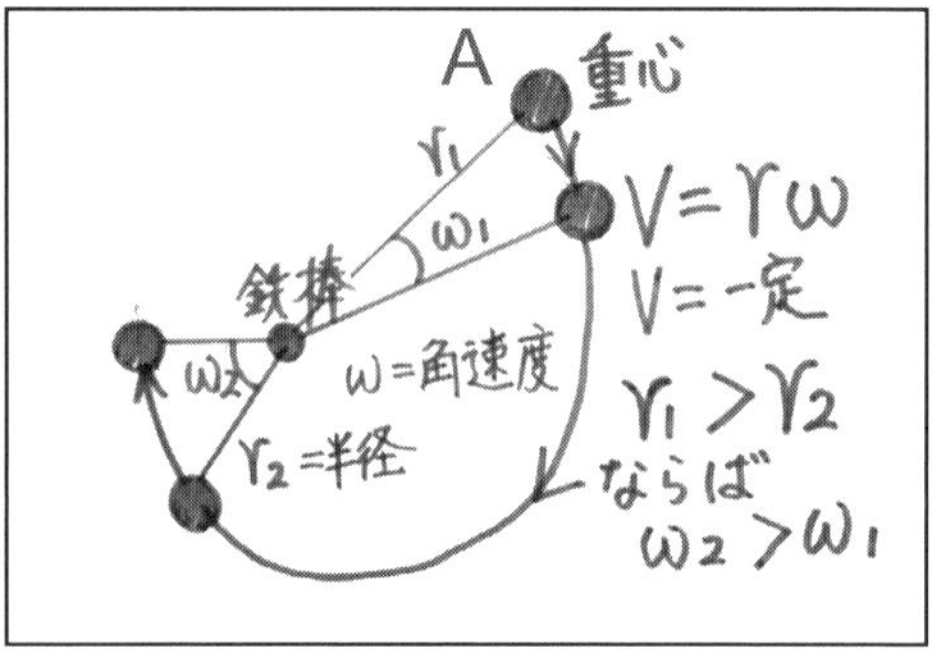

さくすると角速度（ω）が大きくなるので回転速度が上がる。

図のように最初は重心（A）を鉄棒から遠く離して回り始め、重心が鉄棒の下を通り過ぎたら、ｒを小さくするのである。こうするとωが大きくなり鉄棒を回るスピードがつく。後ろ回りはもちろん、蹴上がりについても原理は全く同じ、体を上げる時は重心を鉄棒の近くにすれば良いのである。

この原理を一番利用しているのはフィギュアスケーター。回転し始める時、最初伸ばしていた手を、回り始めると縮め、回転速度を増す。浅田真央ちゃんの三回転半も内村航平選手の大車輪も、僕は頭のなかでは理論上完成している。

昔（六十年前）、兄たちとネコの四足を掴み放り投げたり、四足で逆さに吊るして空中で離したりして遊んだ。「背中を地面に何センチの高さまで近づけると、足で着地できず背中から落ちるか」と実験したこともある。その時はネコの不思議な力に感動こそすれ、原理を考えたことはなかった。今にして思えばネコの動きはｖ＝ｒωと無関係ではない。

姿三四郎が柔術に目覚めたのはネコの動きをヒントにしたと言われる。二学期は水泳、マラソンや駅伝もあり、体育の評価を最高8まで上げた。これは〝ちょっとした〟自慢である（泳げなかった水泳も二学期は選手として出場）。

物理で学んだことを鉄棒の技術に応用した僕は〝かなり〟のものだと思う。

通学

僕が少年だった頃、高校への通学は鴻巣から熊谷まで高崎線を使った。当時はさすがに汽車ではなく列車になっていた。

家から鴻巣まで六キロ、砂利道を自転車で二十分、古名《こみょう》にある土手の登り坂は長かった。登り切ると一旦下がる坂があり、二キロ先にはもっと大きな上り坂があった。それを踏み続けたのだから若かった。

今では電動自転車でも二十分で走るのは無理だ。ほとんどペダルを踏みっぱなしだった。高校生時代は力と持続力があった。駅の近くで踏切を渡らなければならなかった。発車時刻の二〜三分前には前方の踏切の遮断機が降り、乗る予定の列車が通り過ぎる。

幸い、急いでいる僕達が近づくと遮断機を下ろすのを止めて通してくれた。ありがたかった。そこで止められた場合、通り過ぎた列車に乗るのは困難を極めた。更に三百メートル全力で走って自転車を預け、駅に走り込んだ。

ここでまた駅員さんの助けを借りた。駅員さんは左右を確認し、線路に飛び降りさせてくれるのである。今では絶対ありえない。反対側のホームに上る時は、すでに列車は走り出していた。

当時の列車は今の電車と違い、ドアは締まらず、加速度も小さかった。僕たちはデッキの手すりを持って、スピードを上げ跳び乗るのである。そんな危ないことを駅員さんはよく、見逃してくれたと思う。

冬は家から五百メートル先にある丸貫の停留所から鴻巣までバスを利用した。通常の道を走ると、大通りでバスを後から追うことになり、行かれてしまう。

そこで考えたのが進行方向へ直線で先回りして、バスに向かって、走ることであった。こうすると車掌さんも人情で止めてくれた。ここまで直線とは言え五百メートルを、休まず走り続けるのである。

この道は砂利道ではなく畑と田んぼの畦道。しかも、二メートルの用水路を飛び越える道なき道である。僕が長距離走を得意とするのは、このような通学方法が育ててくれたのかも知れない。

自分ですごいと思うのは畦道、砂利道、道なき草地。川を飛び越え、線路に飛び降り、再びホームに駆け上がり、列車に飛び乗った一連の動き。全てが下駄履きだったことである。「今は昔」高校生に寛容な時代であった。

関係者の皆さん、ありがとうございました。

数年前、ある人から「ここで教員するならK校に行かないでM校に行ったほうが良かったろう」と言われた。しかし、M校に行って惰性で、彼のカバン持ちにでもさせられていたら、今の僕はない。苦労して学んだ三年間こそ、七十歳を過ぎた今も続く意欲の根源となっている。

田舎育ち

僕が少年だった頃、村は幾つかの例外を除く静寂の中に息づいていた。東京の大学に進んだ友達が「出身地はどこ？」と聞かれると「鴻巣のそば」とか「東松山の東」と答えたという。出身が〝村〟とは言いにくかったらしい。

僕は「田舎から出てきた」ことを誇るべきではないかと思った。埼玉のど真ん中、田園地帯は美しい武蔵野を背負っている、と思えば気後れなどする必要はない。だから〝東吉見村出身〟を誇りにしていた。

環境を誇りにしていても二種類の音には閉口していた。何しろ僕は静寂でないと勉強できない性格であった。「考え事をする時はすべての音が耳に入ってはならぬ」。そんなこだわりがあった。

勉強部屋は物置小屋の二階、瓦屋根なので暑かった。そこで夏休みは屋敷林の中にリンゴ箱を置き、それを机代わりに勉強した。ヤブ蚊は蚊取線香で防いだ。ところが、どうにもならない敵が周りから攻め立てた。

セミの鳴き声である。七月中はニーニーゼミ、八月はアブラゼミ、これが一番うるさい。屋敷林は端から端までアブラゼミの大合唱に包まれていた。夏も後半になると今度はミンミンゼミ、ツクツクホウシへと続いた。

アブラゼミはただ騒がしく、暑苦しい。ミンミンゼミは最初ゆっくり鳴いているが、次第に速度が増してくる。勉強が急き立てられるようだった。ツクツクボウシが鳴き始めると、時間が加速し、さらに焦り出す

夜は部屋に入るのだが、今度はトノサマガエルの鳴き声に攻撃された。なにしろ屋敷の周りは四方が田んぼなので、カエルの鳴き声が静寂をつんざく。耳栓をしたいほどであった。

もう一つ静かな敵もいた。物置の隣は牛小屋なので、夏場はノミの襲撃と戦わねばならなかった。芭蕉が〝奥の細道〟の中で「ノミ、シラミ　馬の尿《しと》する　枕元」と詠んだが、まさにそれだった。痒くて目が覚め、一晩で八十四以上のノミを捕まえたこともある。

冬聞こえるのは北風のゴーゴーという風の音と枝のきしむ音。静かな夜は五キロ離れた高崎線の貨物列車がゴトンゴトンという音を響かせながら走っていた。遠くの列車の音が聞こえるのだから、どれほど静かだったか分かる。

テレビが入ったのは昭和三十九年、東京オリンピックの年だった。兄さんの「克《かつ》が勉強をしているのに、家族がテレビを見て笑っていては示しがつかない」という一言で、テレビは買わなかったのだ。近所で一番遅かった。

仮装行列

僕が少年だった頃、具体的に言うと昭和三十九年当時、日本は現在の東南アジア諸国のように、経済成長が年率十%を超える勢いだった。誰が首相であっても、数年経てば経済規模も所得も二倍を超えるのは目に見えていた。

この時、池田勇人氏が首相になった。彼は所得倍増計画を発表した。これが当たった。発表しなくても年率が七%なら十年で、十%なら七年で達成できるのだ。

それまで貧しかった国民は所得倍増計画に諸手を挙げて支持した。高校三年生だった僕たちは疑問を感じていた。そこで、クラスは思いもよらない企画をした。

仮装の出し物は〝池田勇人氏ガンで逝去〟の葬式であった。多分、世が世であれば（すなわち、平成二十八・九年であったならば）校長や教育委員会が自民党に忖度して、横槍を入れてきただろう。

幸い、当時の高校は表現の自由が優先していて、葬送は滞りなく行なえた。クラスには坊さんや警察官の息子までいた。正確には覚えていないが、僕は棺桶を担いでいたように思う。

翌年（昭和四十年三月）、五十二人は巣立って行った。その年の八月十三日、池田勇人氏はガンで死去した（享年六十五歳）。まるで僕たちが彼を死なせたかのような結末だった。

大学一年生だった僕の心は揺れた。

東京オリンピック

僕が少年だった頃、東京オリンピックがやってきた。この日は空が青かった。これを機会に我が家にも白黒テレビが入った。赤いスーツに白ズボン（後の映像で）の日本選手団が行進してきた。アナウンサーの高揚した中継が記憶に残る。

あれから入場行進の場面を何度も見るが、そのたびに目頭が熱くなる。やっぱり入場は隊列を組んで整然と行進しなきゃあと思う。最近は入場からダラダラしていて締まらない。

高校三年生の僕がオリンピックで受けた刺激は重量挙げだった。この種目は日本が勢いをつけるため、金メダルが有望な重量挙げ（三宅義信選手）を、最初の種目に持ってきたのだ。狙いはピタリと当たり、大会は盛り上がった。高校三年生だった僕はそれにハマリ、勉強の合間に重量挙げに興じたのである。

昭和三十年代前半まで、農家は蚕を飼い、絹織物をアメリカへ輸出していた。しかし、ナイロンの発明により絹は売れなくなった。それと同時に米《こめ》への補助金と増産計画が実施された。農家はこぞって桑を引き抜き、井戸を掘り、畑を田んぼにした。

そんな訳で、庭には引き抜いたばかりの太い桑の根が転がっていた。おまけに家には鉄棒があった。僕はその両端に桑の根を数個ぶら下げて、重量挙げに興じたのである。

昭和三十年代、日本の輸出は繊維製品などの軽工業から重化学工業へと産業構造は変わった。それに連れ、大きな弊害が日本社会を揺るがした。八代海に垂れ流しされた有機水銀が水俣病、神通川や阿賀野川のカドミウムがイタイイタイ病、四日市や千葉県の五井では喘息が増え、多くの人たちが苦しめられた。

当時の企業や政府は「煙突は高くすれば拡散される。基準以下に薄めれば安全」と説明してきた。当時の人々（僕）はすっかり騙された。

大企業を優先し人の命は軽視された。日本はオリンピック以後、〝いざなぎ景気〟という長期高度成長経済で、金銭的には豊かになった。現在の中国の共産党政権と全く同じ発想、命の軽視が出発点だったのである。

現在、アベ政権は〝あの時の二匹目のドジョウ〟を狙うふりをしている。ムリムリ、次の高度成長経済はベトナムとかミャンマー、マレーシアの番であって、いくら〝吹かし〟たって、国の借金は増えるだけである。多くの国民は「経済優先」という甘言に騙されている。日本は近い将来破局を迎えるだろう。

金利が上がれば国債の利息で国家財政は破綻、戦後のようなインフレになれば庶民の預金や財産がパーになる。バカな国民はそうなってみなければ気づかない。

駅伝

僕が少年だった頃、長距離走は好きだった。理由は短距離走はどんなに頑張ってもクラスで上位の可能性はなかったからである。オリンピック選手であり、旭化成で活躍した宗兄弟も同じらしい。

二人は短距離はもちろん、長距離走も遅かったが、練習に練習をかさねて、一流選手になった。僕の場合はそのレベルではないが、高校時代は二学期になると体育の成績は上がった。持久走や駅伝大会があったからである。

高校の持久走大会は一年四十位、二年二十四位、三年では十一位となった（一学年、十クラス、五百二十人）。夕方の薄暗い中、土手で練習した成果が出たと言える。

この学校は毎年、県の北部（六十キロ）を一周するクラス対抗駅伝が行われていた。僕はこの順位なので、クラスの十五人の選手の中では重要な区間を任されていた。ただ、一・二年生の記憶はない。

三年生のときだけは詳細に記憶している。理由はクラス対抗駅伝大会で大事件が起きたからである。この大会は開始以来四十年、3年生が優勝したことは一度もなかった。受験が近いとか、部活から離れて体力が下がったなどが理由らしい。

僕達のクラスには〝この悪しき伝統〟を断ち切るチャンスが巡って来た。他のクラスの意欲減退に比べ、我々は燃えていた。まず、校内持久走大会に全員が意欲的に参加した。僕は学年全体では十一位だが、クラスの中では六位だった。このクラスがいかに速かったか分かる。

クラスはタスキが渡される度に、二位以下を離していった。平均四キロずつ走るのだが、一人一分十五人走れば十五分離すはずだった。

箱根駅伝を毎年見るが、二百キロを走って一位と二位との差は二〜三分である。僕たちは六十キロで十五分。仮にこの大会が二百キロなら、二位との差はおよそ五十分となる。すなわち二番以下は全チームが繰り上げスタートになるようなものである。

ところがどっこい、そうは問屋が卸さない。思わぬ事件が起きたのである。先導者の体育主任は二位のクラス（自分の担任）の応援とトイレ休憩をしていた。先導者の役目を怠ったのである。この区間が九区、僕は十区で用意万端、待っていた。ところが、いつまでたっても前走者は来なかった。

白バイが前走者を別の道に連れて行ってしまっていた。気づいた警官は白バイに選手を乗せてコースに戻り、僕の近くまで来てから走らせた。僕がタスキを受けたのは二位のチームが走り去って二分（約五百メートル）離れていた。10分前に来るはずの前走者は来ずに、別のクラスが来たのである。

タスキを受け取った僕の足は重かった。必死に前を追った。走っても走っても抜き返せなかった。しかし、差はわずかとなり、次の十一区がすぐ抜き返した。最終区がゴールした時は五分も離していた。

結果は僕達のクラスは「一部白バイに乗せられて、コースを飛ばした」ことにより〝失格〟となった。選手は泣いた。クラスの皆が泣いた。この文を書きながら、五十四年前の出来事が走馬灯のように思い出され、今でも涙が溢れる。

僕たちのクラスは悪しき伝統を破るため、昼休みに駅伝の練習を重ねてきた。

七十過ぎても駅伝への思い入れが深いのはこの事件が原点にある。

英語

僕が少年だった頃、「中学から英語が始まる」今の子供でもそう思うだろうが、昔の子供達にとって新しい世界に接するのは不安だった。

いつもの三人は四月から英語の塾へ行くことにした。もちろん東吉見村には塾がない。そこで隣の鴻巣市までバスに揺られて六キロ、そこから一キロほど歩って塾にたどり着いた

ところが塾の教科書は学校の教科書とは違った。新しく始まって、ただでさえ負担なのに教科書まで鴻巣のものだった。僕たちはとても無理だと判断し、数回通って辞めた。以来塾や予備校には行ってない。

やがて、兄に勧められたＮＨＫのラジオ講座を始めた。するとラジオ講座と英語の先生の発音には大きな違いがあった。「先生の発音はおかしい」と食い下がったこともある。先生は一生懸命発音を繰り返していた。

今思うと罪なことをしたと思う。先生は数学の教師、多分英語は無免許、正式に教わっ

てない時代の育ちである。高校入試は国社数理が五十点満点、英音美体技の五教科は三十点ずつで軽んじられていた。戦時中育った人は「敵国の言語は習うな」と教えられ、ほとんど勉強してない。だから先生の発音が良くないのは仕方がないことだった。

高校の英語は狂っていた。長文読解は一日十数ページ進んだ。先生は得意になって進めていた。僕は必死で予習や復習をした。それでもついていけなかった。部活を長時間していた人たちにはとても無理だ。あれは東大進学用の授業。殆どの人はチンプンカンプンだったろう。

大学受験が終わったとき、僕のクラスは二人の東大合格者が出た。学年では十五人もいたのに、今では学校全体で、一人いるかいないかだという。あんな教育をしていれば生徒は離れていく。進学校の二位は県北のK校から県央のK校（U校は不動の一位）へ移った。

しかし、その学校も全く同じ方式で進めた。落ちこぼれが減らないはずだ。優秀な生徒は他の進学校へ移った。二つのK校の授業は生徒の実態を掴まず、伸ばそうともしない〝独善と奢り〟の教育だったと僕は断定する。

大学で最も力を注いだのがOrganic Chemistry（有機化学）の原書だ。専門課程になると原書で読むことに、ステータスを感じた。数センチもある、ぶ厚い本を必死で読んだが、今は何も残っていない。

ただ、言えることは僕達の時代は西欧と対等の時代ではなく、本を読んで追随するのが目的の時代だった。だから、会話はできないが、当時の英語教育は間違いだったとは思わない。最近は会話を重視する方針のようだが、それには専門的知識を磨いて、中身で対等になる必要がある。

針穴写真機

僕が少年だった頃、雨戸は木の板で造られていて、その内側は障子戸になっていた。高校生になると僕は物置の二階で勉強し、一階の十畳間に母と二人で寝ていた。

当時の雨戸は節穴がいっぱいあった。日曜日、陽が高くなるまで寝ていると白い障子に、外の景色があちこち逆さに映った。針穴写真機の原理である。戸板の小さな節穴と白い障子紙の距離も絶妙だったのだろう。戸から三メートルほど離れたウメやカキの木がくっきりと映った。

春も浅い頃、青い空を背景にして、枝に積もった雪が障子に映った。季節の移り変わりとともに、ウメの花は白く、カキの新芽は黄緑に変化した。当時の表現を使えば〝総天然色〟に映し出された。

やがて、陽が高くなると僕の惰眠を邪魔するかのように小鳥たちがさえずる。僕は中学生時代に学んだ漢詩〝春暁〟を思い出しながら、うつらうつらとしていた。

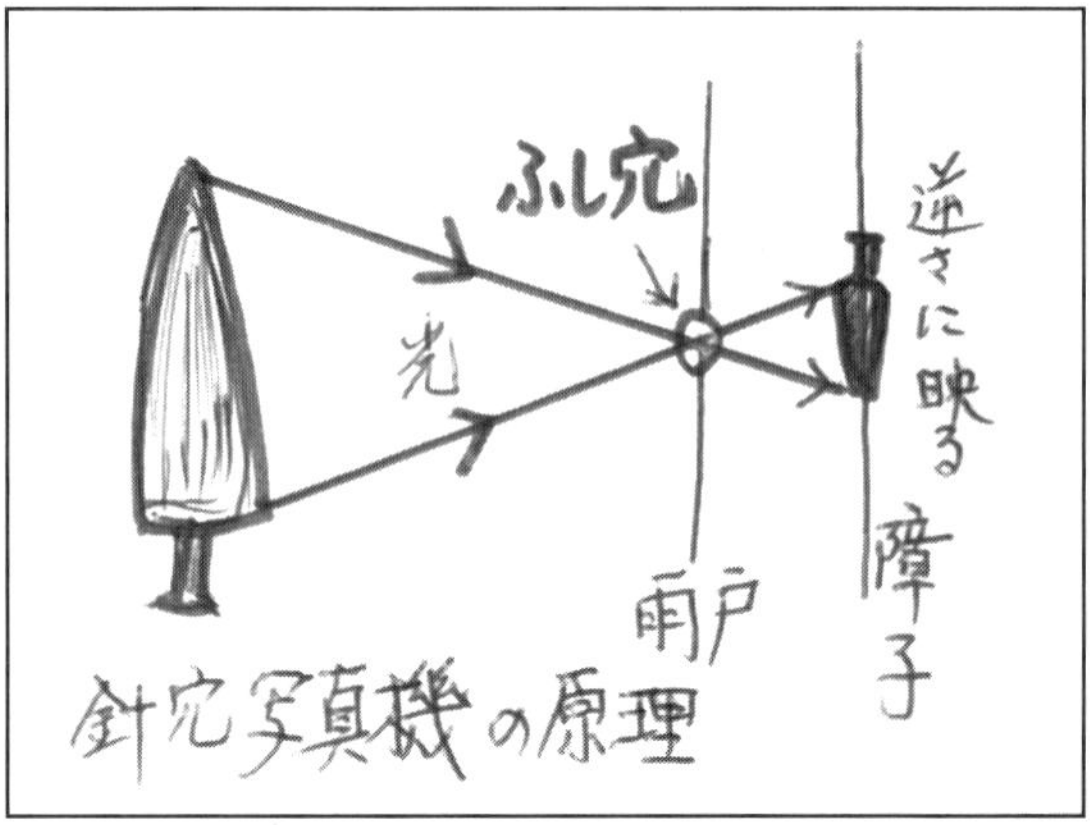

春眠暁を覚えず
処処啼鳥を聞く
夜来風雨の声
花落つること知る多少

僕の家の周りにはウメ、カキ、ザクロ、ビワなどの果樹の花が咲き、果実が実っていた。

戸板を使った雨戸の節穴と白い障子の組み合わせ、逆さに映し出される四季折々の景色。これからの家屋は鉄板の雨戸で穴はない。子供たちが目覚めと同時に針穴写真機の原理に気づくことは永久にないだろう。

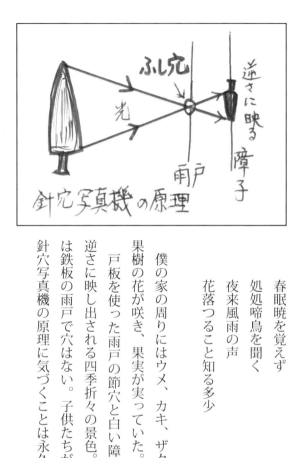

坊主頭

僕が少年だった頃、男の子は皆、坊主頭だった。現在、坊主頭は野球少年の一部に痕跡を残しているが〝絶滅危惧種〟となった。幸い僕の孫達は爺ちゃんの私設床屋なので坊主頭は続く。

昔の少年たちは頭を洗わなかった。〝垢で死ぬやつはいない〟と言われる通り、こうして生きている。何しろ髪が短いと頭が痒くならない。一ヶ月に一回頭を刈るのだが、洗うのはその時だけで十分であった。

洗髪はお湯をかけ、よくふやかしてから石鹸をつけて爪でこする。垢は爪の間にぎっしり詰まった。爪が膨らむほど取れると気分がいい。そのくらい垢があっても、母は細かいことは口うるさく言わなかった。

当時はノンキなものだった。汗が出たら水で洗えばよいのだ。石鹸で洗わなくても臭いと言われたことはない。

中学時代はもちろん、高校へ行っても坊主頭は続いた。恥ずかしいという気持ちはまったくなかったが、坊主頭は次第に減っていった。この髪型は経済的だ。何しろ自分の家のバリカンが使えるので、どんなに伸びても〝タダ〟である。

高校は学年が進むと坊主頭は少数派になってきた。最後は五十二人のクラスでホシノ君と僕だけになった。彼は意志強固だった。僕は大学入試が終わった段階で伸ばし始めたが、ホシノくんは卒業するまで坊主頭で通した。

ついでに述べるが、大学時代の僕は数千人の中で意志強固No1だった。それは四年間学生服で通したことである。成人式も学生服で出席した。何事も開き直れば恥ずかしくない。

最近、小さい子の長髪が目立つ。髪の毛に関しては個人の自由なのだが1〜2歳の子供が髪を背中まで伸ばしている。それを見るにつけ「親は何を考えているのか」と思う。自分で洗えないのに髪が長かったら困るだろう。洗ったら乾かしたり、梳かしたりするには時間がかかる。そんなことに労力を使うのは能力の無駄である。

子供が学校のプールに入った時の様子を見るがよい。保育園や小学校低学年の親たちは、長髪がどれだけ労力とムダが発生するか、気づかないのか。髪の長い女の子は授業を受けていても髪を気にし、手で梳いたり、首を傾けたり落ち着かない。

北朝鮮の金正日が「髪を長くすると頭が悪くなる。短くせよ」との御触れを出した。「そんなバカな」という人は多いだろうが、目的は水と石鹸と労力の節約である。長年、小中学生の女子児童を見てきて、これだけは金正日の言い分が正しい。

将棋

僕が少年だった頃、雨の日、近所での遊びは挟み将棋や将棋崩し、碁目並べだった。それから六十年、将棋界に新星が現れた。藤井聡太四段、御年十四歳である。現在連勝中、どんな構造の大脳を持っているのだろう。世の中は藤井少年の話で持ちきりである。

三十年前も同じような旋風が吹き荒れた。やがて羽生善治さんは史上最強の七冠王という偉業を達成した。僕はその話題には乗るが、本気で将棋を指そうと思ったことはない。

その誘惑が一番強かったのが大学生のとき、授業の合間であった。友達は暇があると二人で向き合っていた。

僕は何度か「やらないか？」と声をかけられた。誘惑に負けて、駒を動かしたことはあるが本気にはなれなかった。何手も先を読んで指すほど複雑な脳を持っていないのも一つの理由だった。

だが、それ以上に、我が五兄弟は将棋にはトラウマを抱えていた。小学四年生の時、父は将棋の最中に死んだからである。死因はくも膜下出血、夕方倒れて、次の日の未明には息を引き取った。五十八歳だった。

その三十年前、祖父も同じ病気で倒れた。父ほどすぐに亡くなった訳ではないが、同じく五十八歳、しかも将棋を指している最中だったという。以来、兄弟たちは「五十八歳、将棋、くも膜下出血」がトラウマとなっていたのである。

五人は将棋を指さなかった。当時、僕は小さかったので、それほどの衝撃はなかったが、兄たちは五十八歳を節目として、その年が近づくと祈願していた。僕は元気な兄たちを見ていたので呑気だった。

藤井四段よ、頑張って記録を更新してください。応援しています。でも僕は将棋を指しません。誰も禁止はしないけど「将棋はするな」。

これは我が五兄弟の〝暗黙の家訓〟なのである。

倹約

僕が少年だった頃、僕は倹約家だった。と言うよりお金の使い方を知らなかったのも理由の一つだ。下宿していても毎月、兄から八千円の仕送りをしてもらうだけなので、周りの人のように使えなかった。

下宿した時は四畳半で四千円、次の年からは三畳三千円の部屋に切り替えた。日当たりも悪かった。それでも勉強に差し障りがあるとは思わなかった。

夕食は研究室に電気釜を置き、僕が作り、先生達と三人で食べた。一番の節約は銭湯の代金だった。当時四・五十円だったと思うが、それも惜しくて夏の間、究極の銭湯を選んだ。帰りに大学のプールに寄り、水泳を一時間、皮膚がふやけたところで、身体を石鹸で洗って帰った。

学食は三十五円のカレー、定食は四十五円だった。休みの日は外食だったが、味噌汁が十円と二十円の定食屋、どちらを選ぶか悩んだ。多くは十円の方だった。奮発をして二十円の食堂に入ったこともある。

当時の国鉄は安かった。北海道や九州の周遊券が、二十日間の期限で八千八百円。往復急行はタダ、そこを走る国鉄バスもフリーであった。奨学金が長期休暇（夏休みと春休み）の前には二ヶ月分、すなわち一万六千円もらえたので、バイトをせずに旅行ができる計算になる。勿論、そのためには旅行中も倹約しまくった。寝袋もリュックに入れて、ときには駅に泊まることもあった。封筒状のシーツを持っていけば五十円引いてくれ、五百五十円のユースホステルに泊まれた。

朝食は腹一杯食べて、昼食は殆ど食べない。こうするとバス代や入館料を含めて、一日千円で済ませられる。その習慣は今でも直らない。一泊三万ではとても泊まれない。一万円以下なら三日泊まれるし、十日の旅行なら三十日できると計算してしまう。

定年退職をして、ヨーロッパ旅行に行ったが、この年になってもユースホステル、一泊三千円、リュックを背負って四十日間歩き回った。妻に「フランスなら〝あの〟食べ物、イタリアなら〝あの〟食べ物を食べた？」と聞かれたが、どこへ行っても、最低限のものしか食べて来なかった。

最近は贅沢をすると楽しいことを覚えた。しかし、糖尿病の事を考えると美食は出来ない。身体が貧乏に馴染んでいるらしい。

理論物理学

僕が少年だった頃、算数は得意だったが、高校入学後、自信はコンプレックスになり、やがてトラウマとなった。最初の実力テストのショックで数学が嫌いになりかけていた。それでも幾何は好きだった。

先生が「幾何は新しい問題は作れない。この問題集一冊完全にやり通せば、百点は取れる。取った人には10（10段階）をあげる」と言った。僕は必死で一冊やり通して、百点を取った。約束通り評価は10だった。そこまでは快調だった。

ところが代数は次第に難しくなってきた。数Ⅱまではなんとかなったが、数Ⅲになると自信は揺らいできた。前の晩、どんなに考えてもできなかった問題を二人（東大合格者）はスラスラと解いた。もうだめだと思い始めた。コンプレックスは次第に大きくなった。「やっぱり頭の構造が違うんだ。勝てない」。

大学入試の数学は五問だけだった。一問の回答欄は十センチ×二十センチ位の余白があった。空白の大きさに圧倒された。全てに解答を試みたが上手く答えが出たものは一つもなかった。高校での最初の試験は20点は取れたが、大学入試で完璧にできたものは一つもなかった。この頃から、世に言う〝トラウマ〟なるものが脳裏に住み着いた。

大学に入ってから更に不得意科目が増えた。忘れもしない〝新進気鋭〟のカワサキ先生の理論物理学である。他の教授たちは黄ばんだ大学ノートを使っての授業だったが、彼の講義は最先端の理論で迫力があった。

授業にはとても付いて行けなかった。このまま授業中の式がテストに出たら〝お手上げ〟だなと思った。このとき「大学の教授は頭の良い人しかなれない。頭の良い人だけがなる職業だ」と思った（後年「なんでこの程度の人が教授になれるの？」と思うようになってきた）。

ところが、年度末の問題は「あなたは授業中に学んだ核磁気共鳴を利用して、どのような研究をしたいですか」という問題だった。教授は自分の研究のヒントにしようと考えたのだろう。

理論や数式ではとても立ち向かえないので、高校時代、倫理のアオキ先生に教わった「アリストテレス〝饗宴〟の一説〝better half〟を説明、それを活用した結婚相談所を開設する」という論文に仕上げた。

この解答は、我ながら上手く仕上がったと感心した。もちろん成績は〝優〟、理論物理学が優ですよ。結果だけを見れば、頭がいいと思うだろう。現実は優とは程遠いものだった。以来、授業の難しさに悩む気持ちはトラウマとなって、何十年も僕を苦しませた。三十代は勿論、四十代になっても、五十を過ぎても夢の中でうなされ続けた。さすがに六十近くなると、もう一人の自分が出てきて「これは夢だから心配するな」とその都度言ってくれた。

退職とともに、心にやすらぎが生まれたのだろう。長いトラウマから開放された。「僕の人生は理論物理との戦いだった」。それは常に〝負け戦〟と決まっていた。

現在、重い荷は降ろされ、トラウマからも開放され、妻や孫達に囲まれた平穏な日々を送っている。

僕はアインシュタインにはなれないことが立証された。

7

少年時代

（教え子は少年）

植物の分類

僕が少年だった頃、周りは誰も塾へ行っていなかった。もちろん保育園も幼稚園も習い事も、第一そんな言葉は知らなかった。今の子が塾へ行っている間中、外で遊んでいた。パソコンはない。だから、現在の理科教師にはパソコンの操作では負ける。しかし、絶対負けない原体験がある。この違いを教育に活かすのが僕の使命だと思った。

この日は生徒たちを野外に連れ出した。まず、葦（ヨシ、アシとも言う）による笹舟づくりである。これは誰もが作ったことがあるだろう。植物の葉を使った遊びの基本である。

次は葛の葉による空（から）鉄砲である。図のように左手の親指と人差し指で丸く結んだ穴の上に、葛の葉を乗せ中央を凹ませる。そこを右手で思い切り叩くのである。パーンと鳴ると子供はもちろん大人もスカッと気持ちが良い。

ススキの葉を飛ばす弓矢は簡単である。クラス全員で、一列に並んで川向うに一斉に飛ばすと壮観である。飛ばす時は方向に気をつける必要がある。飛ばしていて、ススキの葉で手を切った人はない。

さて「この授業の目的は何だったか」次の時間に考えさせる。答えられる人は一人もいない。これは想定内なのでこちらが説明をする。実は双子葉植物と単子葉植物の葉脈の特徴を理解させることが目的だったのである。

双子葉植物の特徴を理解させるのに、他人には絶対できない授業が他にもある。新学期の始まる4月、僕は川縁りを散歩しながら時期を伺う。柳（ヤナギ）が新芽を出す頃、緑色をした枝のないツルツルした小枝を数十センチ切ってくる。枝は新鮮で瑞々しくないと使えない。

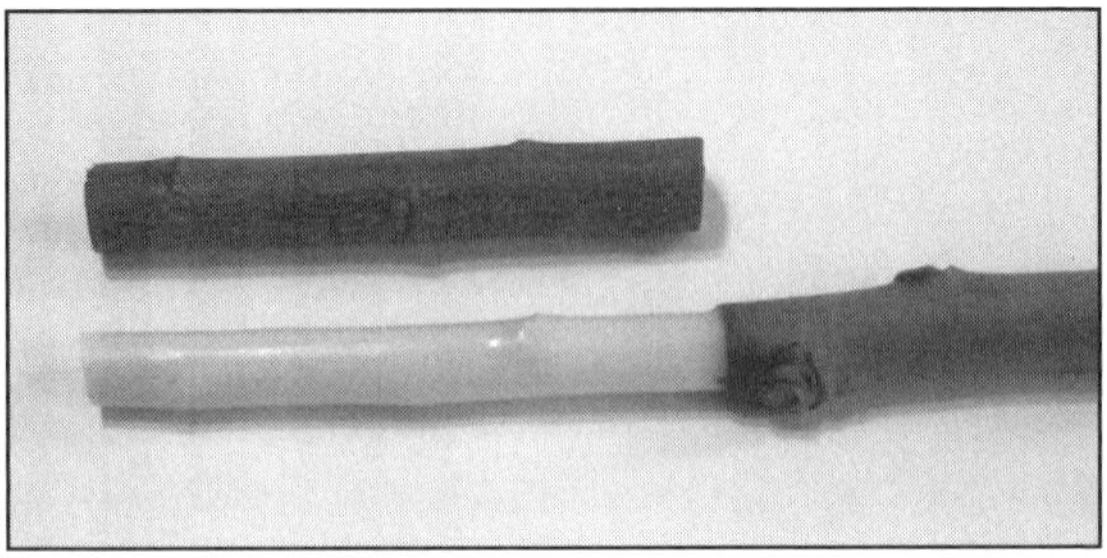

三分の一の位置にナイフの刃を当て転がす。すると皮の部分だけ丸く切れる。次に肥後守の刃の鞘を逆さに枝に当て、何度もこする。

こうすると、皮と芯の部分がスルリと抜ける。ちょうど刀を鞘から引き抜く感じである。僕たちはこうして刀を作り、チャンバラごっこをした（本物はもっと長く50センチくらい）。

この作業の目的は双子葉植物の維管束は輪になっている事を理解させること。単子葉植物の維管束はバラバラになっていて鞘の抜ける刀は絶対に出来ない。

※この遊びに合わせて裸子植物の種を蒔いておき、その芽生えを見せると被子植物（双子葉、単子葉植物）とは全く別の種類だということに気付かせられるだろう。さらにサボテンの子葉を見せると子供たちは子葉に関心を持つこと受け合いである。

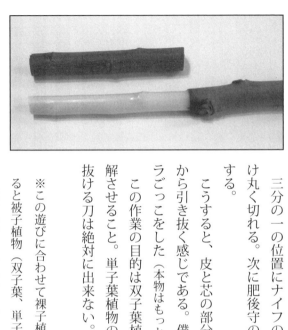

草食動物

僕が少年だった頃、音楽の時間に難しい歌詞「箱根八里」を教わった。現在の教科書では扱わない内容である。学んだ当時は難しくても、身についたことは後日思い出し、理科の授業に活用する。これが本当の『古きを温めて、新しきを知る』なのかも知れない。

調べてみると、箱根八里の歌詞には一番「昔の箱根」と二番「今の箱根」という副題がついているものの、内容は中国の故事・古典、歴史に由来する。当時教わったのは一番だけで、二番は教わっていない。二つは別の場所、別の話である。

一番の「函谷関」は長安と洛陽の間にあり、長安から関中への入り口にある関所である。王朝の死命を制する要衝として有名であり、『史記』における漢の劉邦と楚の項羽の攻防や孟嘗君の故事で知られている（高校時代、漢文で学んだ）。

二番の『蜀の桟道（さんどう）』は蜀の地、四川盆地を守るに堅い山中の難所、劉邦の天下取りへの備えとなった故事がある。いずれも箱根の関所を通る山道の険しさを中国の古典を引用して難所要害に例えたものである。

箱根八里　作詞：鳥居忱《まこと》

♪箱根の山は、天下の険《けん》
函谷関も　ものならず　万丈の山、千仞《せんじん》の谷
前に聳《そび》え　後方《しり》えにさそふ
雲は山を巡り　霧は谷を閉ざす　昼猶闇《ひるなほくらき》杉の並木
羊腸《ようちょう》の小徑《しょうけい》は苔《こけ》滑らか
一夫関《いっぷかん》当たるや、万夫も開くなし
天下に旅する剛気の武士《もののふ》　大刀腰に足駄がけ
八里の嵓根《いわね》（岩石で険しい山道）踏みならす
かくこそありしか、往時の武士

だからどうだって思うだろうが、これが音楽までも理科の授業に活かす僕の特色がある。哺乳類を草食と肉食に分類する視点には目の位置、爪や歯の形と並んで「腸の長さ」に着目する。

僕はこの歌詞を掲示し、音楽の先生でもないのに独唱、『羊腸の小徑』を解説する。明治時代の音楽を使って草食動物の特徴を解説する自慢の授業の一つである。現在、熱心な教師は本物の豚やニワトリの腸を見せる人もいるという。

◎最新ニュース

先日、大腸検診をした。カメラを肛門から入れ、腸内を映すのだが、大腸内がとてもきれいで、僕はとてもハイになった。「第一コーナー、異常なし。第二コーナー、無事通過。第三コーナー、少し痛いが順調！」そんな調子で、先生を笑わせた。検診を終えた先生が「こんな楽しい時間を過ごせたのは初めてです」と言ってくれた。

最後に「酒井さんは体の割に大腸が長いですね」だと。僕は「やっぱり、成長期にキュウリとナスで育ったから、腸が長いんです。いわゆる草食動物なんです」。そう言うと先生は、また笑った。この話を授業に使いたかった。

マリモの唄

僕が少年だった頃、友達と二人で北海道旅行に出かけた。大学三年生だった。行きたかった場所は阿寒湖・摩周湖、利尻・礼文島、知床・根室半島。当時の北海道はどこへ行っても国鉄の列車とバスが走っていた。その中でも阿寒湖が一番行きたいと思っていた。マリモの唄が阿寒湖に誘っていたのである。

後年、この唄は僕の理科の授業で何度も登場、活用させていただいた。この歌詞がなぜ理科の授業と関係するのか。

マリモの唄　作詞：岩瀬ひろし

♪水面《みずも》をわたる風さみし　阿寒の山の湖に
浮かぶマリモよ何思う　マリモよマリモ、緑のマリモ
　晴れれば浮かぶ水の上　曇れば沈む水の底
恋は悲しと嘆き合う　マリモよマリモ、涙のマリモ

アイヌの村に今もなお　悲しく残るロマンスを
歌うマリモの影さみし　マリモよマリモ、緑のマリモ

僕はこの歌が好きだった。今でも好きだ。ある日、理科の時間、光合成の実験をしていた時、閃いた。「ああ、そうだったんだ！」

理由はこうだ「試験管の中に息を吹き込んで二酸化炭素を十分含んだ水を用意する。オオカナダモの場合、光を当てると茎の切り口から酸素の気泡が発生するが、藻の場合、発生する酸素は小さなアワで藻の表面から離れない。すると藻全体に浮力がついて浮かぶ」（ＢＴＢ溶液の色の変化については略）のである。

次の時間、歌詞を掲示し、僕は自信満々で「マリモの唄」を歌った。そして生徒たちに理由を考えさせた。分かりっこないことだが、二十年近くも口ずさみ、感傷にふけっていた歌詞の説明をしたかったのだ。

こうして〝マリモの唄〟と光合成を結び付けた〝理科の授業〟が完成した。

楠木正成

僕が少年だった頃、お父さんと言えば「語り聞かせ」だった。源義経の次に、強烈な印象があるのは南朝（後醍醐天皇）の命を受けて戦った楠正成、少ない手勢にも拘らず知力を使って戦うさまが脳裏に焼き付いている。

現在の大阪府にある千早城と赤坂城での戦いぶりに、少年は心を踊らせ耳を傾けた。どの戦いも楠軍は兵の数が圧倒的に少なかった。まともに戦ってはとても勝ち目がないので、いろいろな策略を使った。

その一つが山城に向かって攻め上がる敵軍に、上から大きな丸太を転がす作戦である。敵はどんなに多くても、斜面を這うように登る兵士に転がり落ちる丸太は威力を発揮した。同じように大岩を転がし落とすのも効果的であった。

この作戦で何度も追い返したが、いよいよ最後の城壁に迫り梯子を登って来た敵に仕掛けた作戦が見事であった。正成はその日のためにどんな物も「武器になる、捨てるな」と溜め込んでいたという。

その作戦に使われた武器とは〝溜め込んだ人馬の糞尿〟である。石垣を登る敵に沸騰させた糞尿を振りかけた。かけられた側はたまらない。お湯では一瞬に流れ落ちてしまうが、ウンコの入った糞尿はベットリ体に着き、流れ落ちない。おまけに不純物を含む水は沸点が百度以上になっている。匂いとやけどで敵の戦意は失われた。

僕は理科の授業〝沸点〟で、この話をするのが常だった。お父さんの語り聞かせを、自分が楽しみながら語れるだけでなく、聞いた生徒も楽しんだ。

しかし、どんな知将も平地では勝ち目はない。僕だったらすべてを捨てて〝敵前逃亡〟を図るところだが、〝武士の中の武士〟楠正成はそんな無責任なことはしない。主君は天皇、敵は足利尊氏である。

息子、正行《まさつら》は一緒に戦って死にたいと主張するが「お前はまだ若い。ここで死んではいけない。再起を期すのだ」と言い残して、父親（正成）は〝湊川の合戦〟で最期を遂げる。

この時、お父さんが歌ってくれたのが

楠公の歌「**桜井の訣別**」作詞：落合直文、明治三十六年作

♪青葉繁れる桜井の　里のわたりの夕まぐれ

木《こ》の下陰に駒止めて　世の行く末をつくづくと
忍ぶ鎧の袖の上《え》に　散るは涙かはた露か

僕はこの曲を十歳までに歌えた。全部は歌えないが十五番まである。

戦争ごっこ

僕が少年だった頃〝肥後守〟は少年の遊びには必須の道具だった。出かける時は必ずポケットに潜ませた。小枝を切るだけでなく、篠を輪切にしてシノ鉄砲を作る時、その威力を発揮した。

まず、地面に生えている篠を切り、平らなところでナイフの刃を篠に当て（写真）、転がすのである。すると篠はきれいに輪切りされる。ナイフがノコギリの役目を果たす。切り口がささくれない利点もある。

こうすると鉄砲の筒の部分と持つ部分がピタリと合う。次に細い篠の節の部分を握る部分に強く差し込み、抜けないようにする。筒の部分には楽に入れられるようにする。こうしてヒゲンソウ（ジャノヒゲ）を玉にして打ち合うのである。

小さい時はひたすら玉を打ち合って遊んだ。ただそれだけ

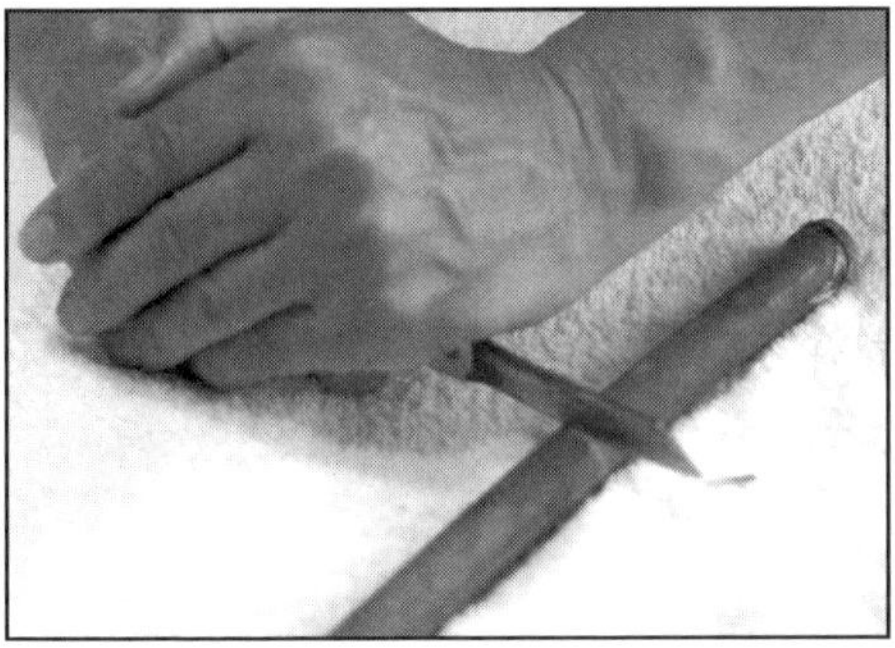

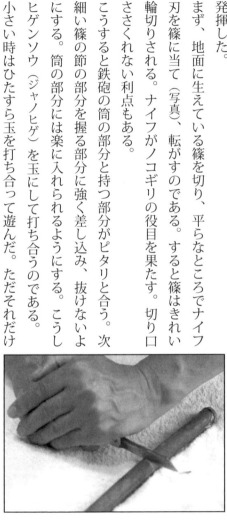

のことなのだが、遊んでいるうちに、ある現象に気づいた。その原体験を理科の授業に活かすところが、僕の〝独創性〟である。

中学二年生を野外に連れ出す。篠を切り、ナイフで鉄砲づくりをさせる。次の時間は理科室で班に分け、戦争ごっこをするのである。盛り上がったのは言うまでもない。もちろんメガネはさせ、場所は理科室を使った。

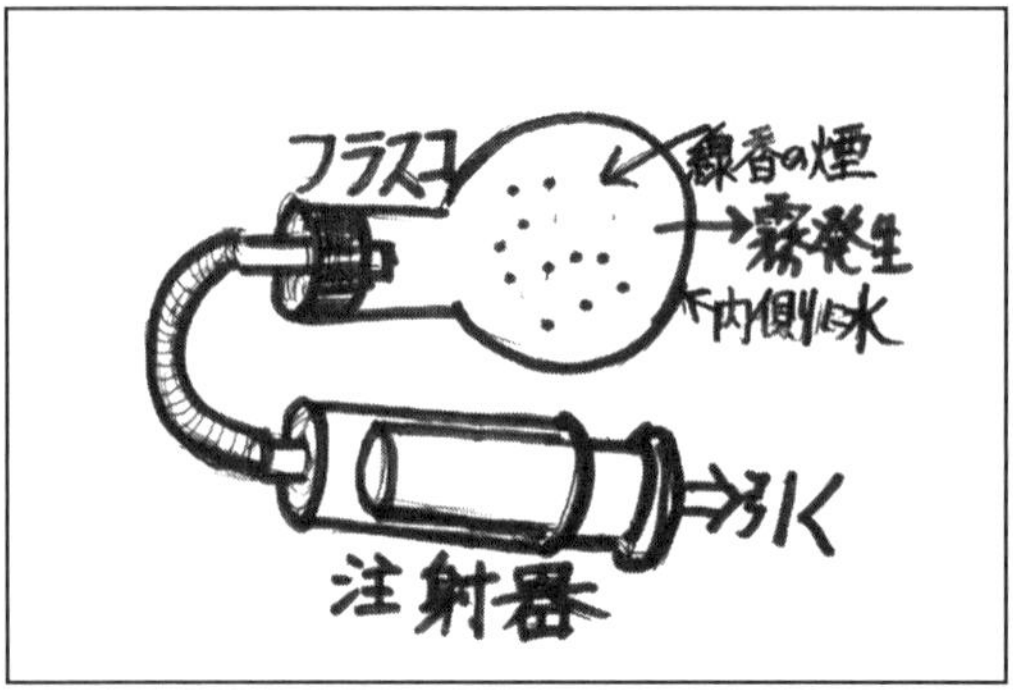

他の先生なら、フラスコの内側を水で湿らせ、線香の煙を入れ、大きな注射器で中の空気を引く。するとフラスコが一瞬のうちに水滴で曇る事を説明するだろう。

この遊びが終わると、鉄砲を作って遊んだ理由とその目的を説明する。ヒゲンソウの玉や水で濡らした紙鉄砲で遊んでいると、篠の砲身から玉と共に煙（雲）が出る。これは急激に『気圧が下がると温度が下がり雲ができる』原理なのである。

全国広しと言えども、この遊びに気づいた理科教師はおるまい。勿論フラスコの実験も見せた。（入試に出たらまずいので）

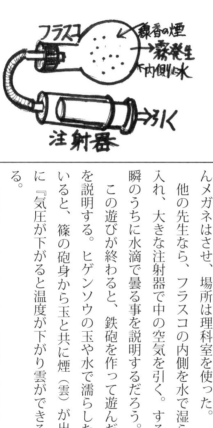

少年時代に自分が遊んだ〝原体験〟を活用した授業の中で、一番盛り上がった授業であった。勿論、戦争ごっこと本当の戦争との違いはしっかり抑えたつもりである。

エネルギーおもちゃ

僕が少年だった頃、おもちゃは自分たちで作って遊ぶものだった。何度も作ったのが糸巻きを使った戦車だった。糸巻きの両側をギザギザに切り込み、動力に輪ゴム、細い棒とロウソクを輪切りにすれば出来上がりだった。

教師になって十年、僕はあえて〝エネルギーおもちゃ（僕の造語）〟と名付けたが、おもちゃとは所詮エネルギーの出し入れによって動くものである。代表的なものがゼンマイを巻いて（おもちゃに仕事をして）、エネルギーを蓄えさせ、そのエネルギーを開放させ（外に向かって仕事をする）動くものである。最近はエネルギーを子供たちが作り出すのではなく、電池を使ったものが一般的である。

しかし「電池がなくなったら捨ててしまうのではなく」エネルギーの出し入れを人間が行うことにより「仕事とは何か、エネルギーとは何か」という概念を育成させることが容易になるのである。

かくして昔、少年が作って遊んでいたオモチャを現代の〝エネルギーおもちゃ〟として蘇らせ、教科書の単元〝仕事とエネルギー〟で、復活させたのである。

この「おもちゃづくりと実演会」は記憶に残る授業となった。生徒も自分もこれほど楽しめた授業は少ない。「こんなに楽しい授業が出来て、給料もらっていて良いのか」とさえ思ったほどであった。

学校の文化祭では「エネルギーおもちゃ展」として全員の作品を展示した。

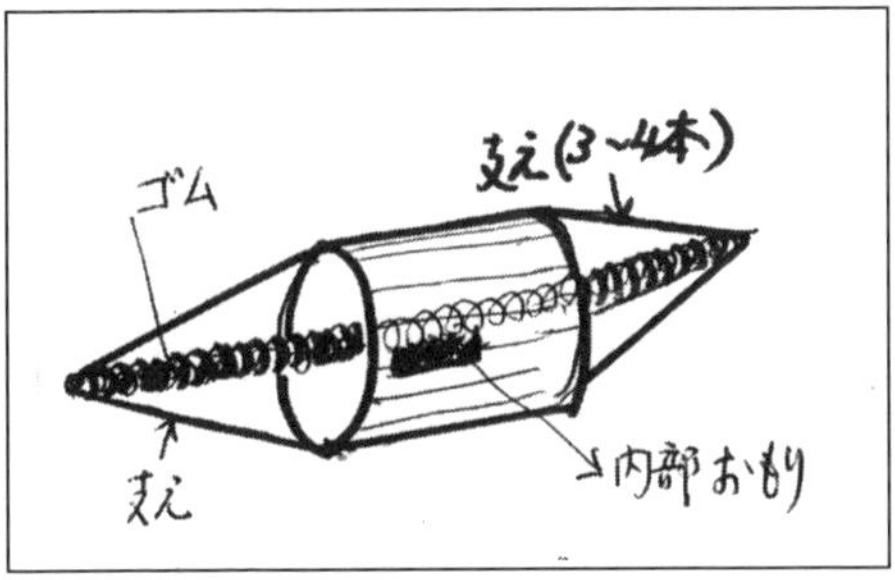

ゴムの動力一輪車

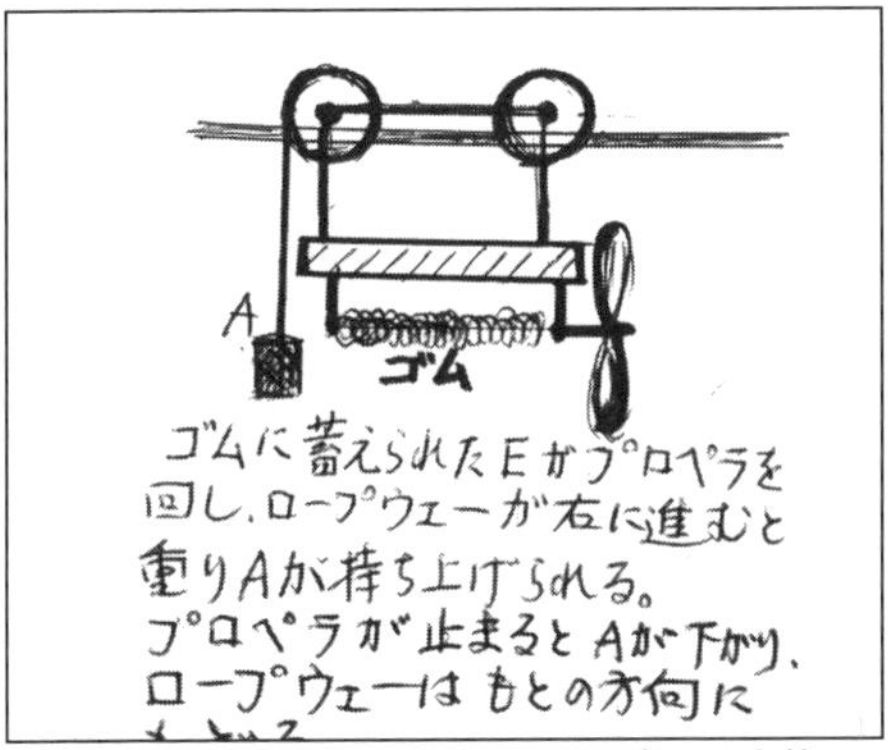

位置エネルギーと運動エネルギーの変換

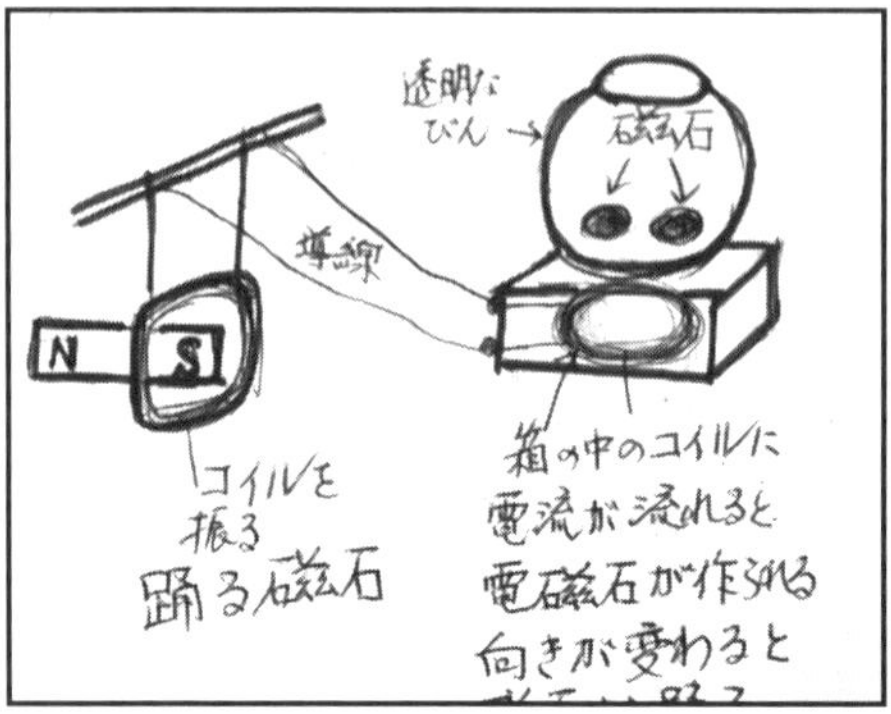

運動エネ→電気→運動エネ

弾性のあるものにたくわえられたエネ
→運動エネへの変換

エネルギーおもちゃ展

座右の銘

僕が少年だった頃、「継続は力なり」が座右の銘だった。ところが三十歳頃、教科書に「記録の必要性」を講じている部分があった。実際、教師としての仕事をすすめるうちに記録の大切さに気づいてきた。何故かと言うと「記録をしていると、次はああしよう、今度はこうしてみよう」という気持ちが次々に湧いてきたからである。

その後、一つのことが終わったとき、気持ちが冷めないうちに、次の手を考え、メモする習慣をつけた。こうすると新しい方法が次々と浮かび、次はもっと進んだ方法を思いつく。そこで「研究とは記録することから始まる」を座右の銘と決めた。

二つ目は「努力せずして人を妬むな」を創った。これは経験から、他人が成功すると、人は「褒めることより、相手の悪口を言って満足する」ということに気づいたからである。

成功した人の悪口を言って引きずり下ろし、自分と同じレベルに下げても、自分が成長したことにはならない。成功した人には〝悔しくても〟拍手を送るとよい。そうすれば「その人以上の努力をする覚悟」が生まれる。自作の座右の銘を〝自己の戒め〟としたことは自分をより創造的な人間へと成長させたと確信している。

ある時、ソニーの会長である盛田さんが文化勲章を受けた。当時のソニーは創造力のある企業で〝飛ぶ鳥を落とす勢い〟で日本の産業を牽引していた。

受賞記念式典の会見で、インタビュアが言った。「盛田さんの座右の銘はなんですか？」彼は自信に溢れた表情で言った。「私には座右の銘はありません。座右の銘とは所詮、誰かの真似をする言葉です。私は人の後追いはしませんから」。

その話を聞いて「なるほど！」僕は自信に溢れて拳を握った。盛田さんは人の〝真似ごと〟になる座右の銘はない。僕は人の真似ごとになるから〝座右の銘〟を自分で創った。「似ている！」。これからも〝創造的人生〟を心がける自分であり続けたい。以来、自信を持って我が道を進んでいる。

昆虫少年

僕が少年だった頃、物心がついたとき既に昆虫少年になっていた。それは五つ違いの兄が、チョウの標本を作っているのを見ていたからである。小さい頃から、注射器、ホルマリン、羽を固定する木型、捕虫網は身近にあった。

最近の新聞に昆虫館の館長がチョウの採集を正当化する談話を載せていた。「最近の希少昆虫の絶滅は採集が原因ではない。昆虫が自由に繁殖できない自然にした人間に責任がある。採集くらいで絶滅するほど自然は〝ヤワ〟ではない」と。

生物の繁殖や研究のために「最低限の採集をする」というのなら止むを得ないだろう。しかし、何万種の昆虫の死体を展示して、入場料を取って見学させて希少生物の保護にどうつながるというのだ。

僕の経験から、採集は〝珍しいもの〟〝数の少ないもの〟〝姿の美しいもの（人間の価値観）〟へと対象は移る。昔の僕は絶滅への加担をしていたことになる。

大学を卒業した次の年、僕は理科教師になった。最初は教科書の流れのままに夢中で教えていた。何年かしていると、指導法は次第に惰性に陥ってきた。

ある日〝ふと〟思った。教科書の内容をそのまま教えるだけの人生、これで良いのだろうか。物理や化学、地球の歴史や生物の観察だけ教えていれば良いというものではない。そう考え始めていた。

僕には理科教師としての〝存在の意義〟があるはずだ。理科教育の真の目的は何なのだろうか。そう考え始めていた。いろいろな試行錯誤の結果「理科教育とは『命の大切さ』について考えさせる時間なのではないか」と考え始めたのである。

それから二十年、理科教育は集大成を迎えた。授業とその記録を進めるうち、基本的には「三カ年計画で進める」「教科書の内容に沿って進める」とした。

目標の一年目は「小さな命こそ大切に」、二年目「生命の仕組みを知る」、三年目「かけがえのない命を考えさせる」とし

た。計画は着実に実行した。

楽しい授業が出来た。毎日の生活が充実していた。これが世に認められたのだ。昭和六十二年、東大総長、茅誠司氏が審査委員長を務める〝下中記念財団賞〟が僕の論文「生命を大切にする心を育てる理科教育」に与えられた。

後日、受賞のために僕と妻は霞が関にある文部省の〝あのビル〟に行ってきた。

もう一つは記憶に残るなんとも口惜しい話である。僕が出版した〝心を育てる理科教育〟の内容の一部を「東映の教育映画社が採用したい」と言ってきたのだ。次の年から始まる教育課程の道徳〝畏敬の念〟で取り上げるためだ。

話は順調に進み、監督や劇団員との打ち合わせも何度かした。そこに三宅島の大噴火（1983）が起こった。すると〝畏敬の念〟を自然観察から見出すより「三宅島の方が、訴える力が強い」ということで、話は振り出しに戻った。

噴火さえなければ、僕は「文部省選定、東映教育映画〝畏敬の念〟原作：酒井克」となっていたのに、残念だ。

僕は〝つぐない〟のために理科教育を進めたのに、結局自分の受賞にしてしまった。本当に昆虫たちへの〝つぐない〟になったのだろうか。

母

僕が少年だった頃、母の周りをまとわりついていた。父が小学四年生で亡くなり、片親だったこともある。当時、外で働くのは男と決まっており、必ず母は家の周辺にいた。

家に帰ってくると決まって「お母さんは？」と周りの人に聞いた。この質問は子供なら誰でも同じ、改めて取り上げるほどではない。ところが自分が四十を過ぎた頃、同僚との会話の中で面白いことが話題になった。

その時の会話「俺んところなんか、子供が帰ってくると『お母さんはいないん？』と言うんだぜ」。間髪を入れず、別の男性が「俺がそこにいるのに『誰も居ないん？』と言うんだぜ。全くいやになっちゃうよ」。

それも仕方が無いことだと思う。自慢じゃないが我が家も、父である僕が帰っても「お帰りなさい」の一言だが、母が帰り、ドアがドスンと音をたて家が揺れると「あ！　お母さんだ」と叫んで、子供たちは玄関に走って行くのと同じである。

僕が大学に進み、二〜三ヶ月ごとに帰ってくると、僕はお母さんの後をついて回っている。だから兄弟がいくら多くても、お母さんの何気ない仕草を継承したのは僕だけである。普通に育った男の子では気づかないことが身についている。

例えば「夜に爪を切ってはいけない＝親の死に目に会えなくなる。目に爪が入る」。また「小さな棘が刺さった＝針を使わずユズの棘で取る」。「ゴミが落ちている＝人が見ていなくとも、そっと拾って割烹着のポケットに仕舞う」。「他人の悪口＝言っても自分の武芸は上達しない」。

7男3女を育てた60代のときの母

「〝たつ結び〟はしてはいけない」。母はたつ結びに拘った。僕はなぜ、いけないのかわからなかった。一年前、兄が亡くなって死に装束を着せるとき、脚絆や草履の結びが「解けないように」、たつ結びするのだと教わった。

小さい頃から何度も教えられた〝たつ結び〟、その意味が七十を過ぎてやっと分かった。

そして今でも続けているのは〝白菜漬け〟である。ぼくは動物を殺したり、切り開いたりするのは苦手だった。夫婦間でもサケの解体は妻の役目と決まっていた。僕はお歳暮のサケも解体できず、妻に押し付けていた。自分の役目は白菜を漬けることだった。

母は白菜を切る時「全部切らないで、途中から裂いた。こうすると葉を小さくしないで済むんだよ」また、漬ける日は晴天の日の早朝に作業をした。切り口を一日太陽に当てて、すっかり萎れてから塩で漬けた。こうすると殺菌もされ、甘みがまして、塩水の上がりが早くなるんだとか。

こうして僕は毎年(四十年)白菜漬けを自分の仕事にしている。荒漬けで水が上がった後、漬け直す。いくつかの味付けをし漬物を二人で楽しむ。上手く漬けられたものは子供たちにも配っている。

専門外を楽しむ

僕が少年だった頃、高校も学年が進むと現代文に加えて数Ⅲが苦手になってきた。現代文のテストになると、頭がモヤモヤして、冷や汗が出るようになった。稼げたのは幾何、漢文、古文、書道、美術、地理、体育（長距離・水泳）であった。必然的に大学入試の得点源にならないものばかりであった。

教師になっては化学専攻が生きてこないデモシカで教師になった。しかも、自分の教育課題は教科指導法ではなく「比企地区における自然の活用と文学の融合」そんなものだから、誰も認めてくれはしなかった。

小川地区に赴任した時、真っ先に浮かんだのが国木田独歩である。「武蔵野の雑木林の美しさと自然の仕組みを活かした理科教育」他人の目から見ると、得体の知れない人間と見えただろう。

誰もが思いつくことをしても、どうせ〝はぐれ狼〟のすること、世に認められるはずはなかった。だから、国木田独歩の〝武蔵野〟や森本哲郎の俳句論（与謝蕪村について）をプリントにして、講義をしたこともある。

六年かけて完成した〝自然観察かるた〟も理科教育というより、文学、自然、地理、絵画、生活などの専門外から生まれたものだった。理科の授業に絵筆を持って行ったり、ノートを持たせて池や林に連れ出したりするなど、〝悦に入っていた〟のは自分だけと思っていた。生徒たちも最初は「やった！　遊べるぞ」と思ったと言う。

僕の教育理念は『自分が乗ったからといって生徒が乗るとは限らないが、教師の乗らない授業に生徒は絶対乗らない』。自分が乗ると、生徒は本当に乗ってきた。話を熱心に聞き、自然観察ノートも提出してくれた。実習をしたり、絵を書いたり、標語を作ったり、最後は〝卒論〟の解説までしてくれた。

後年、当時の生徒が「あの頃は面白かったなあ」と言ってくれた。自分もそう思っていた。生徒百九十六人は誰一人反旗を翻す人もなく、百％僕の

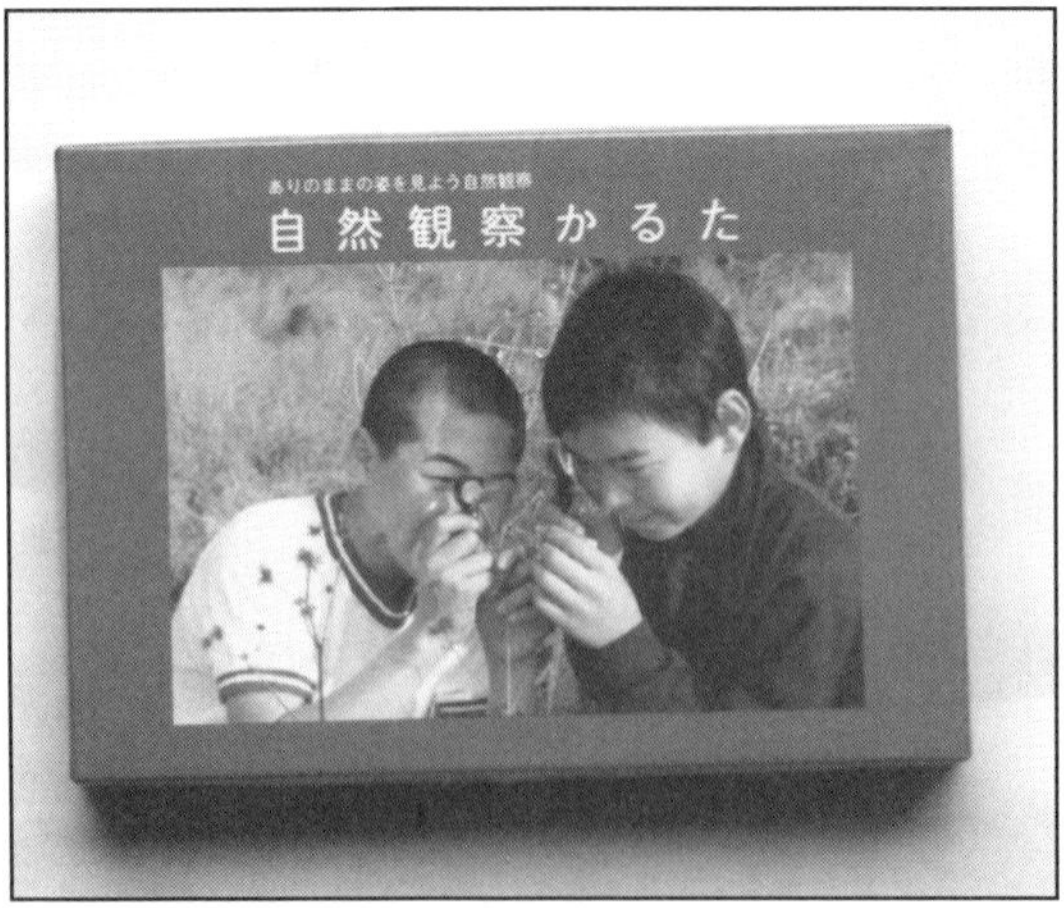

方針通りに動いてくれた。六十分授業（五分早く始めて、五分遅く終わる）については文句も言わず、時間を守ってくれた。理由は教育課程の内容を人並みに消化するためであった。

部活が終われば、他の先生より早く帰宅した。子供たちが寝静まると生徒たちが提出した〝自然観察ノート〟に目を通した。生徒の観察記録に印を押すのではなく、必ず一言書いた。僕の信念は〝先生の印は中身を見てない証拠〟〝読んだ証拠は一言書いてある〟だからである。

現在、先生の勤務時間が問題になっているが、僕は信じられない。仕事が終わったら早く家に帰って、授業研究は夜すれば良い（専門職なのだから）。だらだらといつまで学校にいても、良い仕事ができるはずがない。

理科教師も終盤になって、人に勧められ読売新聞社主催の教育賞に応募した。すると『最優秀賞』（この賞は全国理科教師十万分に一人の割合）に推薦された。少し道を外れたことでも信念を持って〝やり続ける〟と認めてくれる人もいるものだ。授賞式は読売新聞本社で高

松宮様ご臨席のもとに行われた。

おまけは続いた。「自然観察かるた」のおかげで、僕は三大新聞の一紙に『人』として掲載された。三紙で取り上げられるのは年間千人、東大の定員三千人より確率は低い。人生で、個性を生かせた証拠だ。かくして長年のコンプレックスは消えつつある。

〝僕の人生はいつも専門外だった〟が実は、それを楽しんでいたのかも知れない。

子供目線

僕が少年だった頃、疑問を思いつくと、すぐ母に質問して困らせた。中学校の子供たちは〝やたらなこと〟は質問しないが小学生、特に低学年の児童は、当時の僕と同じように、何でも質問をしてくるのでおもしろい。家庭のことを何でも話してくれる。

退職前の三年間、小学校で働けたことは人生の宝となった。それまでは一方的に教え込む式の教育であったが、小学校の低学年の児童を前にした時、これまでの自分の教育を振り返ることが出来た。

中学校では普通に立って向き合えば、お互い同じ高さの目線となるが、小学校の低学年の子を目の前にすると、〝大人目線〟（上から下を見下ろす）になってしまう。子供の心を引き出すためには片膝を地面につけて話すことが必要と感じた。

こうすると子供たちは、いろいろなことを話してくれる。極めつけが「お父さんは二月《ふた》もお金を入れてくれない。お母さんが今度入れなかったら『離婚してやる』って言っているの」は今でも忘れられない会話となった。

印象に残っている質問は「校長先生はどこの幼稚園を出たの?」と聞かれたことである。今の吉見町の小学生は全員が保育園か幼稚園出身者である。とっさに「どこにも行ってないよ」と答えると「それじゃあどこの保育園?」「保育園にも行ってないよ」と答えた。「それじゃあ、何をしていたの?」「朝から晩まで、毎日遊んでいたの」「それで校長先生になれるの?」「子供の仕事は遊ぶことだから。小さい時は毎日外で、友達と遊んでいたけど、学校に入ってから一生懸命勉強して、高校・大学・教員の試験を受けて、今の仕事をしているんだよ」。「フーン」。

「校長先生は家《うち》のおじいさんみたいだね」「校長先生は何歳?」「校長先生はどうしてそういう顔をしているの?」「校長先生は腹の筋肉が割れてる?」「校長先生は結婚してるん?」「校長先生、競走しようよ」。

子供たちと同じ目線にしたからこそできた会話であった。

あだな

僕が少年だった頃、喧嘩や言い合いをすると、必ず「かっちゃん、カズノコ、ニシンの子、おケツが粘って、カッパの子！」と言われた。当時「なんでおケツが粘ったり、カッパと言われたりするんだ！」と思っていた。本人が納得してないのに、そう言われ続けた。

今思うに「かっちゃん…」という〝口上〟は日本全国共通らしい。何と言っても語呂が良い。今の学校では、そう言う子も言われる子もいないだろう。絶滅〝口上〟の一つだ。

致命的なことは〝ツル〟と言われることだった。それは僕の最大の弱点だった。なぜなら、友達の父親は三十代から四十代前半なのに対し、僕の父親は五十代も後半、しかもハゲていたからである。もっと致命的なのは、父は

隣接する中学校の校長だった父

校地を接する隣の中学校の校長だったことである。だから父親のハゲを知らない友達はいなかった。喧嘩の度にそこを突かれた。「他の人は父親が若くていいなあ」と思った。

学校が変わるにつれ、ハゲという言葉は僕の辞書から消えたように思えた。ところが結婚を意識する年頃になると、その言葉が脳裏に現れ僕を悩ませ続けた。トラウマとなって脳裏に潜んでいたのである。

「ハゲないうちに結婚しよう」と思っているうちは良かったのだが、やがて、〝ハゲる〟夢を見始めた。「ハゲないうちに結婚したい（Hope）」は「ハゲないうちに結婚しなくては（Must）」となった。

幸い、僕はハゲないうちに結婚できた。今でこそ、髪は白くハゲてきたが、父親の五十歳前に相当する。子供の友達にハゲ頭を見せずに済んだ。

授業中、課題を与えて机間指導をしている時、男子生徒の頭をよく擦った。擦っていると一人ひとりは髪の種類だけでなく、頭皮には微妙な違いがあることに気づいた。それとなくお爺ちゃんの頭の状態を尋ねたが、これがよく当たった。

ハゲの原因には脂肪分の摂り過ぎ、洗髪の過不足やホルモン過剰などの原因が考えられる。自分の頭皮をさすって、ハゲてない人と比べた結果「自分の頭皮の下は直ぐ頭骨」なのが原因と考えられた。お爺ちゃんがハゲている男の子にはハゲの予防法を伝授した。

僕の説は多くの具体例からまとめたものだ。自分の頭は肉の層がない。頭皮の下は直ぐ頭骨、という人たちがハゲを防ぐ一番効果的方法はマッサージ。血液の循環を良くして、毛根に栄養を与えることこそ、ハゲの予防に適している。

幸い、その成果は出ており、古希を過ぎた今もこの程度に収まっている。

8 少年時代

（孫は少年）

くせのある人間

僕が少年だった頃、「素直な良い子」と言われていた。それはギャングエイジが遅かっただけ。だから悪い、クセのある子になったのは中学生になってからだった。

高校の頃からは自己と個性を強く意識するようになった。「他人と違うことで生きる」今日で言う〝Only One〟の必要性を感じた。なぜなら、中学時代までは自信のあった勉強もセヤマ君とワタナベ君にはその違いを、イヤというほど思い知らされたからである。スポーツは殆ど全員が自分より上だった。

就職してからは教育界でも〝個性の伸長〟という言葉が頻繁に使われる時代になった。やがて〝クセも個性〟と思うようになってきた。社会ではクセのある人は根性の曲がった人であり、欠点と捉えたり、悪影響を及ぼしたりするなど、負のイメージしかない。

四十代になって「ダイコンにはダイコンの、ニンジンにはニンジンの味がある」という詩に出会ったとき「これだ！」と思った。作者は分からなかったが、僕はこれこそ人間の生き方ではないかと思った。

テレビ番組などで「肉と魚はどちらが美味いですか」という質問がある。これって「ニンジンとダイコンの味」を比較するのと同じでないか。肉には肉の味があり、魚には魚の味がある。だから味は比べられない。

テレビの料理番組の中で、コメントをする人は、皆同じ事を言う。「クセがなくて、ジューシー、軟らかい」他に味の違いを表現する方法はないものか。クセがなければ美味しいのか。ゴボウ独特のクセ、フキやタラの芽はアクというクセがあるから春を感じるのである。

クセも良い意味で捉えるべき。例えば「癖ある馬に能あり」という格言がある。「一癖あるものには必ず何らかの取り柄がある」ということである。

逆に「あの人は良い人だ」と言う場合、毒にはならないけど、使いみちには困る。上司にしてみれば、言いなりになって便利だが、クセのない人は〝使えない〟ということと同義語である。年々、この気持が強くなっている。

他人に迷惑をかけない限り「クセのある人間になる」。人生の中盤から、後半の座右の銘にした。最近、普通の人には出せない、自分だけの個性を出す完璧な結論を発見した。心を文で表現することである。スポーツや他の技芸ではとてもトップになれない。

文章は一行書いただけで〝唯一無二〟の人間となることができる。

アナログ人間

僕が少年だった頃、習い事は珠算か習字のどちらをするか家族で話し合った。「そろばんは電子計算機の時代になる。字は何歳になっても使うだろう」ということで習字になり、二年通った。今考えればどちらもアナログだったが、毛筆を習ったことは僕の人生に大きな特典をもたらせた。

一つ目は高校の書道である。三年生の夏休みの宿題は大作を画仙紙に書き、掛け軸にして提出することだった。考えあぐねた末、僕は床の間に飾ってある父の掛け軸を手本にした。父は酒井八州（本名八重朔）という教師（書家）だったので、手本は良かった。作品は中国李紳の五言絶句

「鋤禾日当午　汗滴禾下土　誰知盤中飧　粒粒皆辛苦」

これは先生に認められ、二学期から通知表の評価が10になった。「お父さんありがとう」。でも書道では、とても父のレベルには達していない。僕は、基礎基本に則った固い字しか書けない。書道での〝あだ名〟は「ミスター手本」と言われている。

五十歳頃から筆の力を十分活用できた。卒業証書、表彰状、書き初めの手本・氏名など数千枚は書いた。選択肢としては正解だったと思う。

思えば昭和四十四年、就職した会社で使った電子計算機は八畳間ほどの大きさだった。プログラムを組むのは容易でなく、難しい式を作り、機械に読ませた。間違っていると読み取ってくれない。やっとの思いで組んだ式はキーパンチャーが打ち込んでくれた。長い紙テープに穴がいっぱい空《あ》いていた。「電子計算機の扱いは難しい」。これが五十年前の印象だった。

今では小学生がパソコンを扱う時代となった。随分変わったものだ。七十過ぎた今、二十年間使ったパソコンが壊れたので新機種に変えた。機能は際限なく進んでいるらしいが、利用するはワープロ機能だけ。ところが三歳の孫はスマホを指で操り動画を観る。でもいいじゃない！　僕はデジタル人間ではなく、アナログだ。無理して変えることはない。こうして、もっぱら文章を書くことに生きがいを見出している。心を文で表現することは楽しい。文を書くことは考えること、思考を整理することだ。心を文字にすることでボケも遅らせられるだろう。

妻に勧められシニア用スマホに変えたが、ほとんど活用してない。なぜなら必要性を感じないからである。電車やバスの時刻表も近くの駅ならWalkingを兼ねて見に行く。どうせ歩くのだから、ただ歩くより目的があって良い。

明日の天気も、天気図を見ればだいたい分かる。手間をかけてメールを打つより電話の方が早い。電車の乗客は殆どがスマホとにらめっこだが、活字中毒の僕は新聞か本を開く。周りの人と違うことをするのはとても愉快だ。

こうして、人と違う人間であることを実感しながら、毎日を送る。スマホに依存してない〝優越感〟がそうさせているのだ。僕がスマホに熱中したら、少ない能力が分散して、文が書けなくなる恐れがある。

ランニングシャツ

僕が少年だった頃、上はランニングシャツか裸と決まっていた。ついでに言うと、パンツはトランクスの白、ズボンはバカボンのお父さんが履くようなダブダブの半長だった（39ページの写真）。

大人になってもワイシャツなどの下着はランニングシャツと決まっていた。そのことに僕は何の疑問も持たなかった。いつの頃からか、ランニングシャツを着る人をバカにする風潮が出てきた。中年のおじさんの着こなしを〝ツキノワグマ〟と呼ぶようになった。

それはかなりの蔑称である。僕は思った。「なんで俺たちは蔑まされなきゃならないんだ」。確かにおじさんたちが着るランニングシャツは汗がたくさん出た時、脇の下にたまる。しかし、毎日洗えばそんな心配は不要ではないか。

孫のような中高校生が着る下着なしのワイシャツスタイルの方が品がない。夏の暑いときなど、化繊のワイシャツは汗も吸えず、ベタッとなり透き通って汚らしい。薄汚い奴らにツキノワグマと呼ばれたくない。

とは言うものの、この三十年、暑くても我慢して、ワイシャツの下着は半袖シャツを着ていた。納得をせずに行動するという程不本意なものはない。

平成二十三年の八月、ドイツ人少年十五人が我が家で日本の文化〝茶道〟体験をした。リーダーは三十歳の青年、彼は我が家で五日間のホームステイをした。僕は彼の洗濯ものを毎日洗ってあげた。

このとき三十年前のランニングシャツが蘇った。なんと、世界の最先端を行くドイツ人、しかも青年が下着にランニングシャツを着ていたのである。僕は嬉しくなった。ドイツ人は〝ツキノワグマ〟と言って年上の人を馬鹿にしない。

以来、夏には自信を持ってランニングシャツを着ている。

野球ファン

僕が少年だった頃、兄弟は皆巨人ファンだった。僕も物心がついた時から巨人ファン。小学生の頃、十一歳年上の兄が後楽園球場に連れて行ってくれた。「ここら辺が一番、ホームランボールが飛んでくるんだ」と言って、レフトの前列に座ったのを覚えている。五月五日の子供の日だった。その頃、巨人は三原監督率いる西鉄に三連覇された。三年目は三連勝後、稲尾に四連投を許し三勝四敗で負けた。敵ながら稲尾の凄さには舌を巻いた。「神様、仏様、稲尾様」分かる。

やがて川上監督になって常勝巨人が生まれた。毎年勝つのではスリルがなく面白さに欠けてきた。それでも巨人が勝っているうちは気分が良かった。やがて、広岡や森の率いる西武が優勝するようになると、何か不満がたまった。

そして、江川事件である。彼は何度も事件を起こしている。その裏で糸を引いていたのが巨人であった。巨人の悪どさは江川事件だけでない。学生に巨額の金を渡して、巨人以外から指名を受けると浪人させたり、次々と人の道を外れたことで、有望選手を獲得してきた。僕は完全に切れた。

　裏取引が絶たれると今度はＦＡ制度を使うことになる。他のチームから金で引き抜いた選手は数知れない。ライバルチームの四番打者やエースを次々と引き抜く。引き抜くだけならまだしも、使わずに死蔵する。この方法で選手生命を絶った有能選手は数え切れない。

　最近では外国人枠も増やし、大リーグで実績を残した選手を引き抜いている。が、巨人は弱い。公式戦の始まる前の評論家の予想は全員が一位なのに、ここに来て、十三連敗（平成二十九年度）を喫した。セ・パ交流戦に入る前、広島に三連敗した後、交流戦が始まると連敗に拍車をかけた。オリックス、楽天、西武と三タテが続いた。残念なことに日ハムが一敗してしまったが、その後は連敗、交流戦だけでも現在一勝十一敗である。残りソフトバンクとロッテが巨人を三タテにしてくれたら、二度と破られない記録が打ち立てられる。

　僕は「いいぞ、いいぞ」と気分・体調ともに良好である。それでも世間を見渡すと残党はいる。そんな人たちに目を覚まさせ、強い巨人軍を造る手立てを伝授する。

　まず、巨人に無駄な金を使わせないことである。発行部数が世界一、利益も一番、金が余っているから、育てる努力をしない。

このままでは巨人の若手は伸びない。希望を失った若手がギャンブルや暴力に走るのも理解できる。巨人よ、広島を見習え。若手にチャンスを与えて、夢を叶えさせれば、活気溢れたチームが造れる。〝強いジャイアンツが出来る〟。

と思ったが、社会には無駄金を使って嫌われるチームも必要なのかも知れない。ちなみに、僕は勢いのある優勝しそうな球団のファンになる癖がある。それは、強いものに憧れる少年時代の〝心〟そのものである。今年のプロ野球、セ・リーグは断然広島。パ・リーグの前半は楽天、後半はソフトバンクだった。

優勝しそうな球団のファンになると、ストレスを感じなくて毎日気分がよい。

省エネ

僕が少年だった頃、天気が良いと、母は必ず布団を干してくれた。干した布団は温かい。僕は干した布団が好きだ。

しかし、自分が親になった時、子供たちに、布団を十分干してやれなかった。僕が五十歳頃、学校もやっと週休二日制になった。休みが二日続けば一日は晴れる。週に一回の休みでは、その日天気が悪いと月の半分は干せない。毎日冷たい布団に寝かせることになる。幸い息子は「冷たい布団はいいなあ、布団は冷たいのに限る」と言ってくれた。暑いと眠れないのだと言う。それくらいだから、病気にもならなかったし、健康でいてくれた。

しかし、退職した現在、僕の職業は自称〝自宅警備員〟兼職〝家事見習い〟である。すなわちAlways Sunday（毎日が日曜）なので、天気が良ければ布団を干す。お昼には裏返すので、布団はふわふわとなる。午後は少し早めにしまい、放熱させる。さもないと熱すぎて身体に毒だ。

こうして夫婦は毎日温かい布団にゆったりと寝ている。ところが、周辺を眺めた時、日曜でもベランダに洗濯物と布団を干すのは我が家と隣の家だけである。

「もったいないなあ、太陽がサンサンと降り注いでいるのに、この恵みを活用しないのかしら」と思う。孫が昼寝をする土曜日はいつも布団を干して待っている。

昔、西洋かぶれの人は、西洋は豊かで生活レベルが高いと思い込んでいた。だから洗濯物は外に干さない、干すのは貧しい人たちだと言う。しかし、今日ではエネルギー危機と温暖化が叫ばれている。国民が洗濯物と布団を外に干し、乾燥機の使用を少なくしたら、火力発電所や原発二～三基は不要になるだろう。原発も今度爆発（特に西日本に位置する原発）したら、放射能は全国に散らばり日本は破滅するだろう。

今年「津波被害は東北でよかった」と放言した大臣がいた。決して褒められたものではないが、あれは国民大多数の本音ではないか。福島県人には申し訳ないが、東海以西の事故なら、千万人単位で国民は路頭に迷う。

次の原発事故は地震（東京直下・東海・南海地震）と津波による確率が高い。①将来の子供たちに禍根を残さないために、②原発は一つでも減らさなくてはいけない。これは、今を生きる大人たちに残された喫緊の課題である。

樹下の二人

僕が少年だった頃、高村光太郎が好きだった。何の事はない。〝智恵子抄〟に出てくる詩は分かり易かったからである。「樹下の二人、あどけない話、レモン哀歌」はいくつになっても心に新しい。

僕は七十一、妻は六十九、昔はよく喧嘩もしたけれど、今は空気のような存在になっている。空気と言っても協力し合わないとやっていけない。特に平日、妻はほぼ毎日九人分の夕食を作る。僕は主夫ではないが、家事見習いを毎日こなす。

日中妻は茶道、僕は農業に忙しい。二人だけの共通の時間が出来るとすぐウォーキングに出かける。僕は自称〝積極的徘徊〟なので、通る道は毎日違う。昨日は東で、今日は西、明日はどこか分からない。

しかし性格の違う妻は毎日同じコースを歩く。その多くは〝市野川土手西コース〟突き当りの森林公園道路に掛かる橋を回って帰ると五キロ、一時間のコースである。

このコースは川を挟んで両岸の土手を通るので景色が良い。行きは白く光る富士山、目の前には笠山と武甲山がそびえている。富士山は天気次第だが、日本人は富士山の見え方で気分が違う。一人静かに富士山を眺めているお年寄りもいる。そんな人とは必ず会話を交わす。２人だけの会話で多いのが孫と散歩する夢。まだ実現していない。

帰りは話好きの農家のご主人と会う。向こうも仕事に疲れていると休憩がてら会話は弾む。里芋やリンゴなどを頂いて帰ることも多い。リンゴはそのまま食べ、傷んだものはジャムにする。造ったジャムはすぐに持って行く。

土手の上から市野川の流れを見ていると〝川は生きている〟ことを実感する。川には瀬と淵があり、サラサラと流れる瀬は水がキラキラと光る。淵は水が止まっているようにも見える。

川面がキラキラ輝いている時、二人で岸辺に座って智恵子抄〝樹下の二人〟を口ずさむ。二人の心はすっかり智恵子抄の世界だ。

♪あれが安達太良山　（あれが笠山）

あの光るのが阿武隈川（あの光るのが市野川）

滑川ショッピングモールまで行った時は、土手に腰を下ろし、買い求めた弁当を食べる。心は完全に少年と少女になる。

妻

僕が少年だった頃、小さくてチョロチョロ動き回るガキだった。そんな僕でも一人前に初恋はあった。それが結婚に至らなかったのは至極当然なこと。初恋に続く片思いも何度か経験した。それが実らなかったのも納得のいくことであった。

やがて、理想の人が出現した。明るくて、元気があって生き生きしている。運動神経が良くて、歌も上手い。おおらかな人柄で面白い。これは僕の欠点のすべて補っている。人間は時期があるのだと思った。これが初恋の時期であったら屁もかけてもらえなかったろう。

僕は音楽も好きだったが、歌がそれほど上手だった訳ではない。車でデートをする際、彼女は大きなテープレコーダー持参でレッスンしてくれた。

小中学校時代、合唱の時は耳をふさいで自分のパートを歌っていた。デートの最中に耳を塞ぐことはできなかったので、ハモルとすぐ彼女のパートに引き込まれてしまう。

やがて結婚をした。彼女は駆け足も速かった。二人で近くの学校の運動場で競走をした。やっぱり負けた。僕は小学校の一年生の時以来、徒競走で一番になったことがなかったことからも分かる。中学の体育の成績だって悪くはなかったが、テストで稼いでいただけであった。

彼女は学校から帰って来ると、家族の前でその日の授業のハイライトを演じて見せる。その中で一番記憶に残っているのが「白雪姫」の「魔女と鏡の精」を演じた時、僕と子供たちは畳の上を転げ回って笑った。笑い過ぎて涙をこぼし、苦しくて息ができなくなった。これなら、中学の生徒たちは英語が好きになる訳だと思った。彼女にとって〝英語教育は天職〟だった。英語教育の目標は『コミュニケーション能力の育成』。それを考えると、彼女は英語教育の申し子だと思う。僕は彼女のことを内心「ミセスコミュニケーション」と呼んでいる。

中学校の英語教師を終えた時、職務を全うした彼女に言った。「天職に出会えて良かったね」。退職したら英語の塾でも開くのかなと思っていた。すると彼女はキッパリと言った。「英語教育は十分やったので未練はない。明日からは茶道の教師になる」。彼女は教えることが好きなのだ。それが何であれ「生き生きと前向きに生きるのは素晴らしい」と思う。

結婚生活四十三年、僕の辞書に「〝おおらかさ〟とは〝いい加減、大雑把、無頓着、やりっぱなし〟全て同義語」と書き加えられた。

右往左往

僕が少年だった頃、周りの人を当てにしていて自立心がなかった。クワガタやカブトムシ集めも夏休みの工作も、ひと泣きするだけで大抵、兄たちが手伝ってくれた。

結婚しても、妻に頼り切っていた。息子や娘婿の育児を見ていると皆、自分の子供の面倒を見ている。それを見るたびに「まずかった」と思う。彼らは休日、一日中面倒を見ている。当時の僕は「やれ部活だ、自然観察だ、山登りだ、スキーだ」と家にいたことはなかった。その間、妻は一人で面倒を見ていた。

現在、娘は子育てが大変になってくると、爺ちゃん婆ちゃんの家に連れてくる。それに比べ妻には頼る人がいなかった。僕は保育園の送り迎えから夕食まで、妻に押し付けてきた。今、思い返すと彼女には本当に申し訳ないことをしたと思っている。

退職して十年、安定した生活の中で、彼女は孫の育児の間隙をぬって茶道に励んでいる。僕は育児を手伝いながらも、北海道から九州まで山登りと本の出版に精をだしてきた。単なる自己満足の域である。

ある時、彼女が言った。「そろそろ本を書くのは止めたら？」（押し入れが使えなくなるので）「それを言っちゃあ、お終いよ」。映画〝男はつらいよ〟のトラさんの口上を真似して言い返した。

そう言った後、孫悟空のことを考えた。悟空は最初、ただの猿だった。ところが觔斗雲《きんとうん》と如意棒《にょいぼう》を得て、自由・気ままに振る舞った。彼は全て「自分にできないことはない」と思い込み、天を走り回り、お釈迦様に対しても傍若無人に振る舞った。

〝ひと飛びで十万八千里飛ぶ〟という觔斗雲に跳び乗ると、地の果てまで飛んで行った。お釈迦様に自慢しようと、地の果てに立っていた柱に自分の名前を書き、意気揚々と帰って来た。そのことを話すと、お釈迦様は自分の手を差し出して「悟空が書いたと言うのはこれかい？」と言った。

悟空は自分に不可能なことはないと思っていたが所詮、お釈迦様の掌にあることを思い知らされ、これまでの振る舞いを反省した。

これって僕の人生そのままだ。勝って気ままに振る舞ってきたが、要は妻の掌を転がされてきたのではないだろうか。

古希を過ぎた今、僕の人生を表す言葉に〝右往左往〟が付け加えられた。

裁縫

僕が少年だった頃、母の口癖は「綻《ほころ》びは小さいうちに直せば手間が掛からない」。必然的に着るものは丁寧に扱った。

今日、物が豊富にある時代は使い捨てが一般的だし、「物を買わないと経済が縮小する」と言われ、物を大事にすることを〝ケチ〟と見下す風潮になっている。僕はケチと言われても、始末だと言われても小さいとき、母や姉が目の前でしていたことが染み込んでいる。

その一つが綻び直しとボタン付け、セーターの編み直しである。どちらも世の中の大事《だいじ》ではないし、細かいことに目をやるより、もっと大局的に見ることが必要と思うのだが、小さな事だからこそ、妻に押し付けては申し訳ないと思う。

なぜなら「妻にも自分の夢があり、大事がある」妻の時間を奪うべきではない。そう考え身の回りの些細なことは自分でしている。昔は裁縫やボタン付けは母がしてくれたので、自分ですると最初は大変だった。

その中で骨の折れるのが針の糸通しである。物事を意識した頃より、母は裁縫をする時はメガネをしていた。僕が十歳から十五歳くらいだと思うが、糸が針の穴に通らず、手伝わせられた。当時「なぜ、そんな簡単なことが出来ないの？　メガネを掛けると大きく見えるじゃないか」とブツブツ言いながら手伝っていた。

そして今、自分でも針の穴に糸が通らない。当時から教わっていた「糸を鋏みで切るより、歯で食いちぎると、先が細くなって通しやすい」という言葉を思い出しながら糸通しをする。当時の母の気持ちが分かる。

もう一つうまくいかないものに〝指ぬき〟の使い方がある。厚い布に針を通す時、指ぬきをはめる。しかし、どこにつけたら合理的に運針できるか、あれこれやってみるがうまくいかない。

綻が大きくなっても、ただ直すのなら簡単だが、Ｇパンの膝が透き切れたのを直すのは大変である。息子が中高時代穿いたものがいくつもあり、脳の運動と思って直して使っている。

最近、編み出した方法がある。百円ショップで買った接着剤を布に塗り、裏側に貼り付ける方法。特許を取りたいほど便利な方法である。何度洗濯しても剥がれない。最近、娘は息子たちのズボンの膝の綻びを僕に「直してくれ」と言って持ってくる。

柿

僕が少年だった頃、農家の庭先で自由に食べられるのは柿ぐらい、ミカンやリンゴは取れなかった。その分、柿への想い入れが深いのである。柿には三つの思い出がある。

小学校の低学年の時、柿を取ろうとして木に登り、枝が折れてずり落ちたことである。腹を擦りむいて母親に手当をしてもらった。そして「柿は折れやすいから、気をつけるように」と教えられた。現在は子や孫たちに教える必要もなくなった。なぜなら、木に登ることなど考えられないからである。

次は中学校の一年生、僕は北小学校出身の悪ガキ（カトウくんとタジマくん）と三人でカラスに石を投げたり、ヘビやカエルにいたずらをしながら帰った。秋になると農家の庭先の柿を頬張った。

次の日、担任の先生から呼ばれ「柿を盗んで食べながら帰った」ことを怒られた。ゲンコツをもらい、反省文まで書かされた（今でも、それほど悪いことをしたとは思っていない）。

当時から十五夜は人の家の柿をとっても良いという風習もあった。

四十代になってもその癖は抜けなかった。上司は飲むと歩くのが好きだった。僕が飲むビールの量と彼が飲む日本酒の量は同じだった。すなわち彼は僕より三～四倍アルコールに強いことになる。それでいて、駅まで五キロを歩いた。僕も歩くのは嫌いではなかったので、酒が入った日、二人で野道を帰った。

彼はグングン歩いた。アルコールはよく回った。殆ど田舎道なので〝たわわ〟に実った柿の木が農家の垣根を超えて下がっていた。〝李下に冠を正さず〟という格言があるが、柿の木の下に行くと、つい冠を正してしまう。それは小中学校時代に身についた習癖というものである。

退職して十年、今や田舎道で「通ったことのない道はない」という程、あちこちを徘徊しまくっている。鈴なりの柿の木を見ると、昭和の郷愁が目を覚ましてしまうのが僕の欠点である。孫たちにはできるだけ柿を食べる習慣をつけるようにしている。

それにしても人は柿をなぜ食べないのだろう。

ウォーキング

僕が少年だった頃、今でもそうだが、背が低い人は、行進のとき最後の列と決まっている。だから身長の低い人は自信が湧かないのはムリもないことだと思う。教師になってからはどの学校へ行っても「その形態で行進するのはまずい。こういう訳だから」と説明してきた。

シニアになってからは力強く、美しく、颯爽と歩くことを心掛けた。三十七年勤めた最後の年、五年生の児童に「校長先生って〝威風堂々〟としていますね」と言われた。「ヤッター　嬉しい！」と感激して聞いた。「そんなすごい言葉をどうして知っているの？」理由はすぐ分かった。卒業生が退場するときの行進曲がエルガー作曲〝威風堂々〟だったからである。それからは廊下を歩く時は威風堂々を心掛けて歩いた。

あれから十年、夫婦で歩く時は「明るく、楽しく、颯爽と」を心がけている。両手にはストックを持ち肩の筋肉の強化も心掛ける。そんな時、口ずさむのは、小学四年の音楽コンクールで歌った〝楽しき農夫〟

♪ヒバリの声は高く　花は乱れてうららかに
　小川の水は澄みて　わらべ砂鳥嬉しげに

この歌を口にすると、コンクール会場まで歩いて行ったこと、指導講評の先生に「リズムが良い」、と褒められたことを思い出し、足取りが軽くなる。この曲は気分をシューマンにしてくれる。
次に口ずさむのが「若い力」佐伯孝夫作詞、この歌は三十数年歌い続けた、中学校体育祭の開会式の曲である。歌っていると気分は中学生になる。

♪若い力と感激に　燃えよ若人胸を張れ
　歓喜あふれるユニフォーム　肩にひとひら花が散る
　花も輝け希望に満ちて　競え青春強き者

更に足取り軽く、颯爽と歩きたくなるのが「栄冠は君に輝く」加賀大介

♪雲は湧き　光溢れて　天高く純白の球　今日ぞ飛ぶ
若人よいざ　まなじりは歓呼に答え
いさぎよし微笑む希望　ああ　栄冠は君に輝く

甲子園の歌は心に青春時代を呼び覚ます。特にウォーキングは楽しくしたい。二人で歩きながら「この歌良いよ、この曲も良いよ」リズムに乗って進める曲を話し合いながら歩く。今朝はウォーキング中に素晴らしい曲を聞いた。カラヤン指揮、ベルリン・フィルハーモニー管弦楽団による「歌劇アイーダ、そして凱旋行進曲」である。僕は思わずエジプトの将軍になりきって、姿勢を正し土手の農道を一人で颯爽と行進した。

この時妻はいなかった。いたら僕は女王様の乗る車を引く奴隷役だったかも知れない。

子守唄

僕が少年だった頃、家族からどのように育てられていたのだろうか。自分のことは全く記憶に無いが、こうして添い寝をしたり、おんぶをしたりしていると、幼年時代に戻っていくような気がする。これができるのも、あと数ヶ月と思うと添い寝とおんぶにも心がこもる。
娘は土曜日の午後は忙しい。妻も娘の事務仕事や掃除を手伝う。自分だけ遊んでいては申し訳ないので、午後一時になると保育園に孫を迎えに行く。幸い、おんぶして帰る頃には眠ってくれるが、手こずるときもある。
家の中にいると孫は「外へ行け」と指図をする。外の日差しは眩しく眠れないので更にぐずる。こんな時浮かんでくるのは子守唄である。とは言っても、竹田の子守唄でもモーツアルトの子守唄でもない。

東海林太郎　〝**赤城の子守唄**〟

一番　♪泣くなよしよし　寝んね寝しな　　山のカラスが　鳴いたとて

泣いちゃあいけない　寝ん寝しな　泣けばカラスがまた笑う

二番　♪坊や良い子だ　寝ん寝しな…

なかなか寝つかないときの心は、この歌詞と一致する。もう一つ、口ずさむのが僕の十八番。

一節太郎〝**浪曲子守唄**〟

♪逃げた女房にゃ　未練はないが
お乳欲しがる　この子が可愛い
子守唄など　苦手な俺だが
ばかな男の　浪花節
一つ聞かそうか　寝んころり

山のカラスが鳴いた訳でもないし、女房に逃げられた訳ではないが、なかなか寝付かずに泣かれると、ついつい口ずさむ。

孫も一歳を過ぎる頃になると、布団にそっと寝かす。そして、二時間添い寝をする。目が覚めるとすぐ起き出してしまうので、布団をそっと叩きながら、孫の寝息に耳を傾ける。これもあと数ヶ月、このひと時を大切にしようと思う。

七十年前、自分が赤ん坊だった頃を想像する。「自分もこうして母に育てられたのだろうか」一人感慨に浸りながら、ウトウトする。

文豪ごっこ

僕が少年だった頃、父が亡くなったのは小学四年生（１９５６年）のときだった。当時は２０００年まであと四十四年、それまで生きているのだろうか。いつも、そのことが頭にあった。

近所の男衆は五十代で亡くなっていた。こんな歌もあった。「♪今年六十のお爺さん歳はとってもお舟をこぐ時は　元気一杯櫓がしなる…」六十はお爺さんなのであった。「２０００年は簡単には来ない」と思っていたのに〝あっ〟という間に来てしまった。しかも、今は世に言う〝老後〟の域に入った。

退職して十年も瞬く間に過ぎた。兄弟は男五人、皆元気だった。全員が父と祖父の年齢（五十八）を無事超えた。兄たちは「五十八が怖かった」と言いながらも僕たち兄弟は記録を更新し続けた。

だから、これまで僕は安心して生きてこられた。ところが、兄さんが亡くなった。こうなると他人事ではなくなる。「いよいよ俺も、うまく生きて十五年」、時間が迫ってきた。

「充実した人生を送りたい。ボケないで元気でいたい」。退職して以来、自分の理想とする旅を何回もし、本も出版できた。更にこの五年、家族や孫の役にも立てた。近所の保育園にも支援を続けている。

最近、やってみたい事が浮かんだ。作家の真似ごとである。せめて年金が減らないうちに〝文豪ごっこ〟をしてみたい。温泉宿に泊まって執筆してみたい。

そのことを妻に話した。すると「アナタって良いわね。思ったことは直ぐ実行、自由奔放に生きられて！　私と結婚できたから、暢気《のんき》に、そんなことができるのよ」と宣《のたま》う。「ホントだね、でも僕はいつでも少年だから。じゃあ行って参ります」と言った後、「でも、芥川や太宰、川端のような終末は迎えないから安心してよ」。

かくして、万座温泉の湯治湯で寝泊まりし、作家の真似事をしている。湯は乳白色、まさに〝温泉〟である。ここに来てから早五日、夢に見た作家生活だ。

目が覚めたら露天風呂、眩しい太陽と虹色に輝く朝露を見つめ、食後は原稿用紙に向かう。疲れたら、高原を散策する。文豪たちはこんな気分で小説を書いていたのだろうか。

昼食後は一休みし、露天風呂に浸かる。露天風呂の縁で寝転ぶと太陽が眩しい。アラン・ド・ロンの「太陽がいっぱい」を口ずさむ。夕食後、もう一度、暗闇の露天風呂に入る。

夜空に輝く星は大きい。良い趣味を見つけたものだ。
「今日もいい日だった」これは夢ではなく現実の世界なのだ。
なんて素晴らしい趣味なんだろう。〝ぜいたく〟とはこういうことを言うのか。
元気でいたら、来年も文豪ごっこを続けよう。

六十歳定年制度

僕が少年だった頃、定年なんて現実のものではなかった。遠くにある別世界のことだった。それがとうとう現実となった。

〝六十歳〟世間一般では「まだ若い、まだ働ける、老けるには早すぎる」などと言う。でも僕は、これ以上働きたくない。もう十分働いてきた。仕事は全力で打ち込んできたし、努力も工夫もした。誰にも負けない創意も発揮した。

後半の十年、全校朝会は年間計画を立て、十日前から話の構想を練り、下書きし、要点は毛筆書きした。前日には全職員の机上に配布し「明日の朝会はこの内容で話します」と宣言（これは大変きついこと）、次の朝を迎えた。

全校朝会時には教材を用意した。大筆を持ち模造紙に書きながら、時には自分の作った教材で実演したり、パワーポイントを使ったり、歌を歌ったりもした。「誰にも負けない創意と工夫をした」。その自信はある（後日、出版・公表します）。

幸いなことに、中学校では出し切れなかった能力は、退職前の小学校三年間で、発揮し

無料託児所、所長と次長で孫のお迎え（平成28年3月）

きった。だから定年後の余力は残っていない。今の僕は〝燃え尽き症候群〟になっている。

退職後、最初の五年は自分の子どもたちが四国や東北にいたので、何度も妻と出かけた。当時は高速料金が千円、ありがたかった。現在は孫達のお迎えをし、夕飯を食べさせる。

無料の〝夕食付き託児所〟経営、ちなみに妻が所長で、僕は次長である。自分の子育て中は全くしなかったことばかりだ。

夕食を終えると、妻は孫を送って行く。その間僕は家事を引き受ける。食器や洗濯物の片付け、風呂の準備と次長も忙しい。家事を妻に押し付け、でかい面をして、フンゾリ返っている男性も女性と仕事を分かち合ってみると良い。

風呂に入って腰を伸ばすと「うう～」という感

じである。布団に寝転ぶと思わず背伸びする。「ああ〜、今日も一日役に立ったなあ」。人生も終盤に来て、こんなに妻や子供、孫の役に立つなんて、予想もしなかったことだ。

もちろん日中もボケてる暇はない。陽が出ているうちは畑仕事、二人でのウォーキング、洗濯物や布団干し、仕事の合間や雨の日は机に向かう。

そんな僕に向かって「暇でしょうがないだろう？」と言う人もいたが、「とんでもない、もっと時間が欲しいくらいです。自分がそうだからと言って、他人もそうだと決めつけるな！」と思った。やり残していることも、夢もたくさんある。

これは女性だって同じ、炊事や洗濯をするだけで人生を終わりにしたくない人も多いはずだ。それでは、妻は〝つれあい〟ではなく家政婦だ。そんな女性を輝かせ、夢を叶える手伝いができるのは夫である。

〝六十歳定年〟素晴らしい制度だ。残された人生、僕は貧乏でも良い。僅かなお金と引き換えに、人生の消化試合にしたくない。

あとがき

この本の題名は「僕が少年だった頃」を想定して書き始めた。文章にまとめていると、次々と過去のことが浮かんできた。

すると僕の人生は〝三つのトラウマ〟と〝父の死〟、〝二つのコンプレックス〟が底流となっていることに気づいた。最初のトラウマとは〝ハゲ〟である。父親がハゲていることはクラスの誰もが知っていた。喧嘩や言い合いをする度に〝ツル〟と言われるのが辛かった。このトラウマは二十七歳で結婚するまで続いた。

二つ目は小学校高学年の時、採血で貧血となったことである。これは僕の進路に大きな影響を及ぼした。血液検査を頻繁にする五十代の後半まで続いた。

三つ目は理論物理の講義である。単なる微分積分だけならある程度は理解できたのだが、量子の世界になり、式が複雑化するにつれ、頭は混乱してきた。進路は混迷を増した。心と脳の混乱は退職する年まで続き、重責から開放されると同時に消えた。すなわち四十年の長期間、僕を苦しめ続けたのである。

なぜ〝父の死〟が進路に関わっているかというと、彼は死ぬ直前にバイオリンを注文していたという。退職後、僕にバイオリンを習わせ、送り迎えをするつもりだったらしい。当時バイオリンを習う男の子はいなかった。始めれば熱中する性格なのでどうなっていたかわからない。

コンプレックスは同級生の東大合格者に対するものだった。あれだけ家で勉強しても解けなかった問題を二人はスラスラ解いた。人間にはどうにもならない能力差があることを痛感し、僕の進路を根底から考え直さざるを得ない状況になった。

しかし、そのコンプレックスが「このまま負けてたまるか」という気持ちを焚き付けてくれたのである。二十代以降の〝僕〟を生み出すエネルギーとなった。ある日文章を書いているとき「今、僕がしていることは化石にもならない」と思った。

教師になりたての頃の座右の銘は「どんなに素晴らしい言葉も、記録がなければ消えてしまう」だった。しかし、いくら記録をしても、いつかは人々の記憶から消えてしまう。

教壇に立っていたある日、思いついた。「こうしてプリントを配るだけでなく、僕の体験を授業に活かせば、いつかは消えるとはいえ、人の心の中に少しは生き続ける」。

僕が少年時代に父や母、兄と姉たちに教わったことと野山で遊んだ経験は誰にも負けない。全ての時間で〝体験を活かした授業〟という訳には行かなかったが、〝専門外の知識を活かした授業〟の特色は活かせた。

それは四十歳のとき実を結んだ。当時、僕は有頂天だった。だが、時代は変わっていく。退職した今、昔を懐かしんでいても進化がない。僕は心身が消滅（死ぬ）する前に、自分の心に一花咲かせたいと思った。それが「絶滅危惧種、昭和の少年」の文章化である。

これまでの僕を見て、周りの人は「〝まめ〟だねとか、昔のことをよく覚えているね」などと言う。

それは違うんだな。まめでもないし、覚えているわけでもないけれど、「僕の特徴はスマホをやらないこと」。電車に乗ってもチッチカチッチカ、一人でいてもチッチカチッチカ、それでは新聞も本も読む暇がない。じっくり考え事が出来ない。何も創造できない。

スマホがなければ歩っているとき、あれこれ思いつくことがある。それはレシートにメモして、家に帰ってまとめる。メモしておかないと、どんなに素晴らしいことも三歩進むと忘れてしまうからである。

自分の記述を〝素晴らしいこと〟と表現するのはおこがましいが、〝きっかけ〟の言葉が書いてあれば「あれをしよう、これをしよう。あれもあった、これもあった」など、心の底に流れていたものが次々と浮かんでくる。

書くことは「考えること、思い出すこと、思考を系統立ててまとめること」。スマホをしないと、人とは違う世界が広がってくる。それを立証したのがこの本と言えよう。

遅れましたが、僕の未熟な文章に適切な助言を与えてくださいました「まつやま書房の山本さん」、「高校時代の同級生」には改めて感謝申し上げます。

最後に退職して十年「現在の心境は？」と問われたら、高校時代に暗記した漢詩と答える。僕にとって、この七言絶句は、別の意味で〝座右の銘〟でもあった。

少年老い易く学成り難し
一寸の光陰軽んずべからず
未だ覚めず池塘春草の夢
階前の梧葉已《すで》に秋声

<著者>

酒井　克（さかい　かつ）

1946年　埼玉県比企郡東吉見村（現・吉見町）生まれ。

途中の人生は文中の記述通り。現在71歳、世に言う古希も無事通過できた。それでも、明日のことは分からないので、今を精一杯生きる。

次の夢は“辞世の書”の出版である。本は創っておき、挨拶文には命日を記入するだけで送付できるようにしておく。手紙には「私ごときに一日を費やすのは時間の無駄ですから、葬儀には参列しなくて結構です。代わりに、西方浄土に向かって三度『南無阿弥陀仏』を唱えてください。そうすれば極楽浄土に往生できると言いますから」。

確認「天国ではなく、極楽浄土」です。

絶滅危惧種
昭和の少年

2018年6月25日　初版第一刷発行
著　者　酒井　克
発行者　山本正史
印　刷　株式会社わかば
発行所　まつやま書房
〒355－0017　埼玉県東松山市松葉町3－2－5
Tel.0493－22－4162　Fax.0493－22－4460
郵便振替　00190－3－70394
URL:http://www.matsuyama－syobou.com/

ISBN 978-4-89623-114-4 C0095